絕對實地觀察，絕對隨説隨用，絕對記憶深刻

79 篇日常情境 ✕ 24 小時營造全英語生活環境，

從今天起，變身孩子的英語學習小隊長，

Do it myself！我自己先説，孩子自然就敢開口！

How to use
使用說明

我自己先說！跟著情境和孩子聊幾句！

全書79個爸媽和孩子日常生活必遇情境，無論從早到晚、在家互動還是出門在外，隨時都能對話個兩三句，搭配活潑彩圖輔助，爸媽每天這樣說，就能養成孩子說英文的好習慣！

情境延伸！讓會話多點變化更有趣！

生活不可能一成不變，會話當然也是！因此，本書在79個情境中各搭配了不同的延伸情境，讓會話多變化，和死板的親子對答內容說掰掰，爸媽開口不費心，孩子學得有耐心！

隨時都能來一句簡單的英語順口溜！

爸媽開口說英文，最害怕長句或複雜句子，但很多時候其實都只要簡單一句話，就可以向孩子表達情緒或溝通，不必動腦的順口溜，快點先學起來吧！

實用單字再補充，增進會話充實感！

身為孩子的超人爸媽，一定也希望自己能再多學一點吧！因此，本書在每篇情境後都附上相關單字補充，爸媽懂更多，能給孩子的就更多、更充實！

…沒時間慢慢吃早餐的時候……

> I am eating as fast as I can.

Mom Eat your pancake!
快吃你的鬆餅！
🎧 Track 0247

Kid I am eating.
我在吃了。
🎧 Track 0248

Mom Eat faster! You are already late.
吃快一點！你已經遲到了。
🎧 Track 0249

Kid I am eating as fast as I can.
我已經儘量吃快了。
🎧 Track 0250

Breakfast ▶ 3. 餐桌時光篇

Mom Please get up earlier tomorrow.
明天請早一點起床。
🎧 Track 0251

Kid OK. I will.
好啦，我會的。
🎧 Track 0252

....

⭐ 英語順口溜
🎧 Track 0253

★ **Eat faster.** 吃快一點！

★ **I am eating.** 我在吃了。

★ **I am eating as fast as I can.**
我已經儘量吃很快了。

★ **You don't have enough time for breakfast.**
你沒時間吃早餐了。

★ **Just grab a bite.** 隨便吃一口吧。

★ **Get up earlier tomorrow.** 明天早點起床。

★ **Finish your milk.** 把牛奶喝完。

★ **Want more pancakes?** 要再多一點鬆餅嗎？

還有更多好用的單字喔！ 🎧 Track 0254

- sandwich 三明治
- hash browns 薯餅
- pancake 鬆餅
- poached egg 水煮蛋
- scrambled egg 炒蛋
- Chinese steamed bun 饅頭
- fried bread stick 油條

077

　　關於「教英文」這件事，對我而言可說是一點也不陌生，畢竟自從大學畢業後，我就一直待在這個圈子裡討生活，不論是一般的生活英文還是考試用英文，多年來全都涉獵不少，於是我授課、寫書，不知不覺中適應了自己身為「老師」的這個定位。

　　然而，在長年透過和學生、讀者的問答中，我漸漸發現了自己的不足之處，畢竟語言這種東西會隨著時間而進步。為了不要變成一名八股的老師，也為了重拾對語言的熱情，所以在投身職場多年後的最近，我下了一個決定，那就是出發勇闖英國，重新體驗身為學生的感覺。

　　以前造訪英國通常是隻身前往，我自認英文不錯，所以在旅遊或短期生活上並不會出現太大問題，但這次不同，這次我帶了和我一同冒險的夥伴－因我私心而被拖下水的孩子。孩子一開始在好奇心驅使下玩得很盡興，但不久後就膩了，加上語言不通等問題，最後終於吵著要回台灣。怎麼辦？總不可能幫他買張機票要他自己搭機回去吧！

　　於是我想了辦法說服他留在英國，這個辦法就是「讓孩子適應異地生活」。我開始每天花一點時間和他用英文溝通，內容是其它英國爸媽都會和孩子說的對話，就是希望能幫助他融入環境。我得說這是個很不一樣的體驗，我一方面得以「媽媽」的角色和孩子相處；一方面得以「老

師」的身份教孩子英文；一方面自己也是個「學生」，要從學校以及孩子的身上學習。幾個月後，方法奏效了，孩子不再那麼害怕說英文，也不再過分依賴我，會開使用一些簡單的英文會話與其他小孩溝通，我大大鬆了一口氣。

現在的我仍在英國攻讀語言教學，空閒時間便會用英文和孩子聊天，忙碌的時候就野放他們，讓他自己用簡單的英文四處闖蕩，同時，我也著手寫書，彙整記錄自己和孩子真槍實彈的會話，沒錯，就是你們現在手中拿著的這一本。我希望這麼做不僅僅能記下孩子與我的回憶，也可以對每位爸媽在英文會話共學上有所幫助。

最後，私心先預祝我自己順利畢業，也期望拿著本書的爸媽，都可以和孩子自在地以英文會話溝通，感情融洽！

Wenny Jso

Content
目錄

7

生活安全篇 *Safety*

8

狀況篇 *Incidents*

11 *Common Knowledge*

其他生活教育

1

Good Morning

早安篇

Good Morning

叫小孩起床／被小孩吵醒

早安篇 1

▶ **This is what you can do...**

孩子差不多該睡飽時，與其吼孩子起床，何不換個溫柔的方式，輕輕在孩子臉頰上印上一個 morning kiss（早安吻）？親一下叫不醒，就多親幾下。起床後記得給寶貝一個 morning hug（早安擁抱），What a lovely way to start a day! :)

叫孩子起床

Good morning, baby!

Good morning, Mommy!

Mom Good morning, baby! 🎧 *Track 0002*
寶貝早安！

Kid Good morning, Mommy! 🎧 *Track 0003*
媽咪早安！

Mom It's time to get up. 🎧 *Track 0004*
該起床囉！

Kid Is it? What time is it? 🎧 *Track 0005*
是嗎？現在幾點了？

Mom It's almost eight. 🎧 *Track 0006*
快八點了呢。

Kid I want to sleep five more minutes. 🎧 *Track 0007*
我想再睡五分鐘。

Mom Alright. Just five more minutes. 🎧 *Track 0008*
好吧。只能再五分鐘喔。

• •

★ 每天聽與說，習慣成自然 🎧 *Track 0009*

★ **Good morning.** 早安。

★ **It's time to get up.** 該起床囉！

★ **It's almost eight.** 快八點了。

★ **Just five more minutes.** 只能再多睡五分鐘喔。

Come on! Let's play!

Kid Daddy, wake up!   🎧 *Track 0010*
把拔，醒醒！

Dad Oh, hi! Sweetie.You're 🎧 *Track 0011*
so early.
噢，嗨，親愛的。你好早噢！

Kid Come on! Let's play!   🎧 *Track 0012*
趕快，我們來玩吧！

Dad Oh, can I sleep five 🎧 *Track 0013*
more minutes?
噢，我可以再多睡五分鐘嗎？

Kid **No! Come on! Let's play!** 🎧 *Track 0014*
不行啦！趕快！我們來玩！

Dad **Alright. Alright. I'm up.** 🎧 *Track 0015*
好，好，好。我起床了。

· ·

⭐ 英語順口溜 🎧 *Track 0016*

★ **Wake up!** 醒醒啊。

★ **Rise and shine!** 太陽曬屁股囉！

★ **Get out of bed!** 趕快起床了！

★ **I'm up.** 我起床了。

★ **I'm already awake!** 我早就醒了！

★ **I'm up already!** 我早就起床了！

★ **I don't want to get up.** 我不想起床。

★ **Can you just let me sleep?** 可不可以讓我睡覺？

還有更多好用的單字喔！ 🎧 *Track 0017*

- sleep in 賴床
- alarm 鬧鐘
- time 時間
- late 晚的
- early 早的
- morning 早晨
- kiss 親吻
- hug 擁抱

Get Changed
換衣服

▶ This is what you can do...

如果這天是 non-school uniform day（不用穿制服上學的日子），給孩子一點自主權，讓孩子自己選擇服裝的穿搭。穿好衣服後，讓他們 look in the mirror（照鏡子）。讓孩子穿自己喜歡的衣服，一整天都開心！

催小孩換衣服

But I don't know what to wear.

Mom It's time to change your clothes. 🎧 *Track 0019*

該換衣服囉！

Kid Can't I just wear my pajamas? 🎧 *Track 0020*

我不能穿睡衣就好嗎？

Mom Pajamas are for bedtime. 🎧 *Track 0021*

睡衣是睡覺時穿的。

Kid But I don't know what to wear. 🎧 *Track 0022*

可是我不知道要穿什麼。

Mom Just wear whatever you feel comfortable in. 🎧 *Track 0023*

就穿你覺得舒服的衣服就好啦。

Kid Like pajamas? 🎧 *Track 0024*

例如睡衣嗎？

Mom Haha, very funny. Now get changed. 🎧 *Track 0025*

哈哈，很好笑。現在去換衣服吧。

· ·

★ 每天聽與說，習慣成自然 🎧 *Track 0026*

★ **Change your clothes.** 換衣服吧。

★ **Pajamas are for bedtime.** 睡衣是睡覺時穿的。

★ **Wear whatever you like.** 穿你喜歡的衣服。

★ **Get changed now!** 現在就去換衣服。

當然，孩子不見得總是能看場合選對衣服……

Kid Mom, where is my superman suit?　🎧 *Track 0027*
媽媽，我的超人裝在哪裡？

Mom It's in the closet. Why?　🎧 *Track 0028*
在衣櫃裡啊，怎麼了？

Kid I want to wear it to school today.　🎧 *Track 0029*
我今天想穿它去學校。

Mom But it's school uniform day.　🎧 *Track 0030*
但今天是要穿校服的日子呢。

Kid When can I wear it then? 🎧 *Track 0031*

那我什麼時候可以穿它呢？

Mom Not today, sweetheart. 🎧 *Track 0032*

不是今天，小甜心。

- -

★ 英語順口溜 🎧 *Track 0033*

★ **I can't find my princess dress.** 我找不到我的公主裝。

★ **Where is my uniform shirt?** 我的制服襯衫在哪裡？

★ **It's in the closet.** 它在衣櫃裡。

★ **It should be in the drawer.** 它應該在抽屜裡。

★ **It's school uniform day.** 今天是學校制服日。

★ **Put on this T-shirt.** 穿上這件 T 恤吧。

★ **I don't want to wear this.** 我不想穿這件。

★ **I don't know what to wear.** 我不知道要穿什麼。

還有更多好用的單字唷！ 🎧 *Track 0034*

- shirt 襯衫
- skirt 裙子
- T-shirt T恤
- dress 洋裝
- trousers 長褲
- shorts 短褲
- sports uniform 運動服

🎧 *Track 0035*

Brush Your Teeth
刷牙洗臉

▶ **This is what you can do...**

如果小孩不想刷牙，可以溫馨提醒他們，不刷牙很容易會
有 tooth cavity（蛀牙），而且還會有 bad breath（口臭）。
如果不希望牙齒有蛀洞或是嘴巴臭臭的，還是乖乖刷牙吧！

提醒小孩刷牙

Alright. I'll go brush my teeth.

Mom Let's get ready for breakfast.

🎧 *Track 0036*

我們準備一下，吃早餐囉！

Kid I'm ready.

🎧 *Track 0037*

我已經準備好啦！

Mom No, you're not. You need to brush your teeth.

🎧 *Track 0038*

不，你還沒。你得刷牙。

Kid Can I brush my teeth after breakfast?

🎧 *Track 0039*

我不能吃完早餐再刷牙嗎？

Mom No, you should brush your teeth first.

🎧 *Track 0040*

不，你應該要先刷牙。

Kid Alright. I'll go brush my teeth.

🎧 *Track 0041*

好吧。我去刷牙。

⭐ 每天聽與說，習慣成自然　　🎧 *Track 0042*

★ **You need to brush your teeth.** 你得刷牙。

★ **Go brush your teeth.** 去刷牙。

★ **Brush your teeth first.** 先去刷牙。

★ **Did you brush your teeth?** 你刷牙了嗎？

很多小孩討厭牙膏的味道，
爸媽有時得循循善誘一下……

Don't forget to
use the toothpaste.

Mom Don't forget to use the toothpaste. 🎧 Track 0043
別忘了用牙膏喲。

Kid I hate toothpaste. 🎧 Track 0044
我討厭牙膏。

Mom It's strawberry flavor. 🎧 Track 0045
這是草莓口味的耶。

Kid I still hate it. 🎧 Track 0046
我還是討厭。

Mom It helps you protect your teeth. 🎧 *Track 0047*

它可以幫你保護牙齒呀。

Kid Alright. Just a little bit. 🎧 *Track 0048*

好啦。我只用一點。

・・・・・・・・・・・・・・・・・・・・・・・・・・・・・

★ 英語順口溜 🎧 *Track 0049*

★ Squeeze some toothpaste onto your toothbrush. 擠些牙膏在牙刷上。

★ Use the toothpaste. 用牙膏。

★ Use the floss. 用牙線。

★ I hate toothpaste. 我討厭牙膏。

★ Don't forget to gargle. 別忘了漱漱口。

★ It prevents tooth decay. 它可預防蛀牙。

★ Don't forget to wash your face. 別忘了洗臉。

★ Dry your face with the towel. 用毛巾擦乾臉。

還有更多好用的單字唷！ 🎧 *Track 0050*

- toothbrush 牙刷
- toothpaste 牙膏
- floss 牙線
- mouthwash 漱口水
- towel 毛巾
- gargle 漱口
- tooth decay 蛀牙
- bad breath 口臭

🎧 *Track 0051*

Make the Bed
鋪床

▶ This is what you can do...

睡醒之後，把自己的床鋪整理一下，也是個必要的好習慣噢！爸爸媽媽可以先示範如何 smooth the sheet（理順床單）和 fold the blanket（折被子）。孩子學習鋪床的過程中，要多說 Good job!（做得很好！）給予鼓勵。避免對孩子說 That's not right.（那樣不對），以免孩子失去信心，永遠不想鋪床。

 教孩子鋪床

Can you make your bed?

Mom Can you make your bed? 🎧 *Track 0052*
你可以整理床鋪嗎？

Kid I don't know how. 🎧 *Track 0053*
我不知道怎麼整理。

Mom It's easy. I'll show you. 🎧 *Track 0054*
很簡單喔。我做給你看。

Mom First, smooth the sheet. 🎧 *Track 0055*
首先，理順床單。

Mom Then, fold the blanket. 🎧 *Track 0056*
對，然後折被子。

Kid And the pillow goes here. 🎧 *Track 0057*
接著把枕頭放在這裡。

Mom Great! See, you're doing a good job. 🎧 *Track 0058*
對！你看，你做得很好啊！

★ 每天聽與說，習慣成自然 🎧 *Track 0059*

★ **Let's make the bed.** 我們來鋪床。

★ **I'll show you how.** 我示範給你看。

★ **It's easy.** 很簡單。

★ **You're doing a good job.** 你做得很好！

Kid Mommy, come and look! 🎧 *Track 0060*
媽媽，你過來看！

Mom Wow! You made the bed! 🎧 *Track 0061*
哇！你鋪床了！

Kid I did it all by myself. 🎧 *Track 0062*
我都是自己做的喔！

Mom I am so proud of you!
But where's the pillow? 🎧 *Track 0063*
我真替你驕傲！
不過枕頭咧？

Kid It's under the quilt. 🎧 Track 0064
在被子下。

Mom Brilliant! Well done! 🎧 Track 0065
真聰明！做得好！

· ·

★ 英語順口溜 🎧 Track 0066

★ **I made the bed by myself.** 我自己鋪床。

★ **Smooth the sheet.** 理順床單。

★ **Fold the blanket.** 折棉被。

★ **Put the pillow here.** 把枕頭放在這裡。

★ **Let's do it together.** 我們一起做。

★ **I'm so proud of you.** 我真替你驕傲！

★ **Well done!** 做得好！

★ **Good job!** 做得好！

還有更多好用的單字唷！ 🎧 Track 0067

• pillow 枕頭
• sheet 床單
• blanket 被子
• quilt 毯子
• bed 床
• mat 床墊

🎧 *Track 0068*

Ready for Breakfast

準備吃早餐

▶ This is what you can do...

與其讓孩子坐在餐桌上等食物上桌，何不試試讓孩子跟你一起準備早餐？幫忙 toast the bread（烤土司）、spread jam on toast（在吐司上抹果醬），或是 set the table（擺好餐具），都是他們可以幫忙做的事情喔！

叫孩子吃早餐

Breakfast is ready!

What are we having today?

Mom Breakfast is ready!　　　🎧 Track 0069
早餐準備好囉！

Kid What are we having today?　　　🎧 Track 0070
我們今天吃什麼呢？

Mom Ham and cheese sandwiches.　　　🎧 Track 0071
火腿起司三明治。

Kid My favorite!　　　🎧 Track 0072
我最喜歡的！

Mom Here's your orange juice.　　　🎧 Track 0073
這是你的柳橙汁。

Kid Thank you, Mommy.　　　🎧 Track 0074
謝謝妳，媽咪。

• •

★ 每天聽與說，習慣成自然　　　🎧 Track 0075

★ **Breakfast's ready.** 早餐準備好囉！

★ **Come and have breakfast.** 過來吃早餐囉！

★ **What do you want for breakfast?** 你早餐想吃什麼？

★ **Here's your breakfast.** 這是你的早餐。

跟孩子一起準備早餐，也是很美好的親子時光……

What's for breakfast, Dad?

Kid What's for breakfast, Dad? 🎧 *Track 0076*

爸，早餐吃什麼？

Dad Cereal and milk. 🎧 *Track 0077*

麥片和牛奶。

Kid Can we have something different? 🎧 *Track 0078*

我們可以吃點不一樣的嗎？

Dad Sure. What would you like? 🎧 *Track 0079*

可以啊。你想吃什麼？

Kid French toast. 🎧 *Track 0080*

法國吐司。

Dad Why don't we make it together? 🎧 Track 0081
我們何不一起做呢？

Kid Let's do it. 🎧 Track 0082
就這麼辦吧！

★ 英語順口溜 🎧 Track 0083

★ **What's for breakfast?** 早餐吃什麼？

★ **What would you like?** 你想吃什麼？

★ **No more cereal and milk.** 我不要再吃麥片牛奶了。

★ **French toast again?** 又是法國吐司？

★ **Let's have something different.**
我們吃點不一樣的吧。

★ **I want egg pancake rolls today.**
我今天想吃蛋餅。

★ **What about toast with ham and egg?**
火腿蛋吐司如何？

★ **Let's go out for breakfast.** 我們出去吃早餐吧。

還有更多好用的單字唷！ 🎧 Track 0084

- **toast** 吐司
- **egg** 蛋
- **ham** 火腿
- **cheese** 起司
- **porridge** 粥
- **egg pancake roll** 蛋餅
- **milk** 牛奶
- **juice** 果汁
- **soybean milk** 豆漿

Ready to Go Out

出門前的準備

▶ This is what you can do...

已經要出門了，看孩子還在摸東摸西，拖拖拉拉，這時候只好使出絕招：I'm going to count to three!（我數到三！），催一下孩子，請他們動作快了！如果要給孩子多一點時間準備，可以增加數字：I'll count to ten!（我數到十！）

催小孩出門

Can I have five more minutes?

Dad Mommy is waiting.
Track 0086
媽媽在等了。

Kid Can I have five more minutes?
Track 0087
可以再給我五分鐘嗎？

Dad Why?
Track 0088
為什麼？

Kid I want to finish watching this show.
Track 0089
我想把這個節目看完。

Dad No. Turn off the TV right now!
Track 0090
不行。現在就把電視關掉！

Kid OK. I'll go get my schoolbag.
Track 0091
好啦。我去拿書包。

Dad Hurry up!
Track 0092
快一點！

★ 每天聽與說，習慣成自然
Track 0093

★ **Are you ready to leave?** 你準備好出門了嗎？

★ **We are all waiting for you.** 我們都在等你。

★ **Hurry up!** 快一點！

★ **We need to leave right now!** 我們現在就必須出發了。

Kid Dad, we're almost late. 🎧 *Track 0094*
爸爸，我們快要遲到了。

Dad I'll be ready soon. 🎧 *Track 0095*
我馬上好。

Kid What's taking you so long? 🎧 *Track 0096*
什麼事情要那麼久？

Dad I can't find my socks. 🎧 *Track 0097*
我找不到我的襪子。

Kid And you, Mom?
🎧 Track 0098
媽媽，你呢？

Mom I'm coming. Look! I'm all ready.
🎧 Track 0099
我來了。你看！我都準備好了。

⭐ 英語順口溜
🎧 Track 0100

★ **We're almost late.** 我們已經要遲到了。

★ **I'll be ready soon.** 我馬上好。

★ **What's taking you so long?** 在弄什麼弄那麼久？

★ **I can't find my glasses.** 我找不到我的眼鏡。

★ **I'm all ready.** 我都準備好了。

★ **You should get up earlier.** 你們應該早點起床的。

★ **Can we leave now?** 我們現在可以出發了嗎？

★ **Stop dragging your feet!** 別再拖拖拉拉了。

還有更多好用的單字唷！ 🎧 Track 0101

- key 鑰匙
- car key 車鑰匙
- glasses 眼鏡
- wallet 錢包
- cap 帽子
- socks 襪子
- schoolbag 書包
- lunch bag 便當袋

2 *Daily Habits* 生活習慣篇

🎧 *Track 0102*

Brush Teeth

教小孩刷牙／催小孩刷牙

▶ This is what you can do...

和孩子一起刷牙，除了可以向孩子示範正確的刷牙動作及步驟之外，也可以是有趣的親子時光。和孩子一邊唱 This is the way I brush my teeth, brush my teeth, brush my teeth ...（我就是這樣刷牙的……）一邊刷牙，一邊學英文，一舉兩得！

和孩子一起刷牙

Look how I brush my teeth.

I can do it too.

Mom Look how I brush my teeth. 🎧 *Track 0103*
看看我是怎麼刷牙的。

Kid I can do it too. 🎧 *Track 0104*
我也會。

Mom You're doing great. Good boy. 🎧 *Track 0105*
你做得很棒。好孩子。

Mom Now spit out the toothpaste. 🎧 *Track 0106*
現在把牙膏吐出來。

Kid There is still toothpaste in my mouth. 🎧 *Track 0107*
還有牙膏在我嘴裡耶。

Mom Gargle with water. Look how I do it. 🎧 *Track 0108*
用水漱口。看我怎麼做。

Kid It's not as hard as I thought. 🎧 *Track 0109*
這不像我想得那麼難嘛。

• •

★ 每天聽與說，習慣成自然 🎧 *Track 0110*

★ **Hold your toothbrush.** 拿好你的牙刷。

★ **Look how I brush my teeth.** 看我是怎麼刷牙的。

★ **Spit out the toothpaste.** 把牙膏吐出來。

★ **Gargle with water.** 用水漱口。

Mom, I just brushed my teeth. Look!

Kid Mom, I just brushed my teeth. Look! 🎧 *Track 0111*

媽媽，我剛剛刷好牙了。你看！

Mom Let me see. Good. Oh, wait! 🎧 *Track 0112*

我看看。很好。噢，等等！

Kid What is it? 🎧 *Track 0113*

怎麼了？

Mom There's something stuck between your teeth. 🎧 *Track 0114*

有個東西卡在你牙縫裡了。

Kid Can you help me get it out? *Track 0115*

可以幫我弄出來嗎？

Mom Yes, we need to use the floss. *Track 0116*

可以，我們得用牙線。

⭐ 英語順口溜 *Track 0117*

★ **I just brushed my teeth.** 我剛刷好牙。

★ **Something is stuck between my teeth.**
有東西卡在牙縫裡。

★ **Use floss to remove it.** 用牙線把它弄出來。

★ **Use floss to clean your teeth.** 用牙線清潔牙齒。

★ **Brush your teeth before going to bed.**
睡覺前要刷牙。

★ **Brush your teeth after getting up.** 起床後要刷牙。

★ **Gargle after eating.** 吃完東西後要漱口。

★ **Gargle with mouthwash.** 用漱口水漱口。

還有更多好用的單字唷！ *Track 0118*

- tartar 牙結石
- mouth bacteria 口腔細菌
- plaque 齒斑
- gums 牙齦
- tongue 舌頭
- baby tooth 乳牙
- permanent tooth 恆齒
- tooth fairy 牙仙子

🎧 *Track 0119*

Go to the Potty
上廁所

▶ This is what you can do...

很多小孩常常玩到一半有尿意或便意時，會不想中斷而忍住，忍到最後往往就會拉在褲子上。看到孩子出現憋尿的動作時，就得溫柔提醒：Don't hold it.（別憋著）、Just go to the toilet.（趕快去廁所），否則又有得收拾了。

催小孩上廁所

Mom Do you have to pee? 🎧 Track 0120
你想尿尿嗎？

Kid Not now. 🎧 Track 0121
現在不想。

Mom Are you sure? 🎧 Track 0122
你確定嗎？

Kid Maybe. 🎧 Track 0123
也許吧。

Mom I can see that you are 🎧 Track 0124
holding it.
我看得出來你在憋尿喔。

🎧 Track 0125

Kid OK. I want to pee.
好吧。我想尿尿。

Mom Go to the potty, then. 🎧 Track 0126
那就趕快去洗手間啊。

• •

★ 每天聽與說，習慣成自然 🎧 Track 0127

★ **Do you want to pee?** 你想尿尿嗎？

★ **You are holding it.** 你在憋尿喔。

★ **Don't hold it.** 不要憋喔。

★ **Go to the potty.** 去洗手間。

有關上廁所的好習慣……

I can wipe my butt myself.

Mom Have you finished?　🎧 *Track 0128*
你上完了嗎？

Kid Yes.　🎧 *Track 0129*
上完了。

Mom Get off the potty then.　🎧 *Track 0130*
那就從馬桶上下來吧。

Kid I can wipe my butt myself.　🎧 *Track 0131*
我可以自己擦屁股喔。

Mom Very good.　🎧 *Track 0132*
好棒！

Kid And I can flush the toilet, too. 🎧 *Track 0133*

而且我也會沖馬桶。

Mom Good boy. Now wash your hands. 🎧 *Track 0134*

好孩子。現在把手洗一洗吧。

★ 英語順口溜 🎧 *Track 0135*

★ **I need to go to the potty.** 我需要上廁所。

★ **I need to go pee pee.** 我要去尿尿。

★ **I need to go poop.** 我要去便便。

★ **Get to the potty.** 到廁所去。

★ **Sit on the potty.** 坐在馬桶上。

★ **Get off the potty.** 從馬桶上下來。

★ **Wipe your butt.** 擦你的屁股。

★ **Flush the toilet.** 沖馬桶。

還有更多好用的單字唷! 🎧 *Track 0136*

- potty 洗手間（馬桶）
- toilet 洗手間（廁所）
- pee pee 尿尿
- poop 便便
- butt 屁股
- toilet paper 衛生紙
- tissue 面紙
- flush 沖水

🎧 Track 0137

Wash Hands
洗手

▶ **This is what you can do...**

小孩子常常用手抓了食物就往嘴巴塞，因此從外面回到家，或是摸到不潔的物品後，就要立刻把手洗乾淨。提醒孩子「吃東西前，上廁所後」，也都要把手洗乾淨。隨時都要 keep your hands clean（雙手保持乾淨）才能避免病從口入。

教小孩洗手

Wet your hands first.

Mom Wet your hands first. 🎧 *Track 0138*
先把你的手弄濕。

Kid OK. They are wet now. 🎧 *Track 0139*
好了。手已經弄濕了。

Mom Put soap on your hands. 🎧 *Track 0140*
手上抹肥皂。

Kid Then what? 🎧 *Track 0141*
然後呢？

Mom Then rub, rub, rub your hands. 🎧 *Track 0142*
然後就搓、搓、搓你的手手。

Kid Can I rinse them now? 🎧 *Track 0143*
我可以沖手了嗎？

Mom Yes. Now dry your hands. 🎧 *Track 0144*
可以。現在把手擦乾吧。

⭐ 每天聽與說，習慣成自然 🎧 *Track 0145*

★ **Wet your hands.** 弄濕你的手。

★ **Put soap on your hands.** 手上抹肥皂。

★ **Rub your hands.** 搓洗你的手。

★ **Rinse your hands.** 沖洗你的手。

Can I wash my hands with water only?

Mom Let's wash our hands. 🎧 *Track 0146*
我們來洗手吧。

Kid Can I wash my hands with water only? 🎧 *Track 0147*
我可以用水洗手就好了嗎?

Mom Use the soap. It makes your hands cleaner. 🎧 *Track 0148*
用肥皂。它能讓你的手更乾淨。

Kid OK. Now my hands are soapy. 🎧 *Track 0149*
好吧。現在我的手都是肥皂了。

Mom Rub your palms, the back of your hands, ... 🎧 *Track 0150*
搓你的手心,手背……

Kid And the fingers.
🎧 Track 0151
還有手指頭。

Mom That's right. Now let's rinse our hands.
🎧 Track 0152
沒錯。現在我們來把手沖乾淨吧。

⭐ 英語順口溜
🎧 Track 0153

★ **Let's wash our hands.** 我們來洗手吧。

★ **Hold your hands under the tap.**
把你的手放在水龍頭下面。

★ **Get your hands soapy.** 把手抹上肥皂。

★ **Rub your hands under running water.**
在流動的水下搓手。

★ **Rub your palms.** 搓洗你的手心。

★ **Rub the back of your hands.** 搓洗你的手背。

★ **Don't forget to clean your fingers.**
別忘了洗你的手指頭。

★ **Dry your hands with clean towels.**
用乾淨的毛巾把手擦乾。

還有更多好用的單字唷！ 🎧 Track 0154

- soap 肥皂
- hand soap 洗手乳
- tap 水龍頭
- water 水
- palm 手心
- the back of hand 手背
- finger 手指頭
- fingernail 指甲

🎧 Track 0155

Bath Time

洗澡

▶ **This is what you can do...**

想讓孩子愛洗澡，除了讓他們泡個 bubble bath（泡泡浴）之外，各式各樣的 shower toy（洗澡玩具）也總能讓孩子玩到不想從浴室出來。偶爾，爸爸媽媽也可以利用幫孩子洗澡的機會，帶著孩子一邊洗澡，一邊認識自己的身體喔。

洗澡時間到！

Yes, right in the tub. All your bath toys are waiting.

Mom It's bath time! 🎧 Track 0156
該洗澡囉！

Kid I don't want a bath. 🎧 Track 0157
我不想洗澡。

Mom Are you sure? There's a 🎧 Track 0158
pool party in the tub.
你確定嗎？
浴缸裡有個泳池派對噢。

Kid A pool party? 🎧 Track 0159
泳池派對？

Mom Yes, right in the tub. 🎧 Track 0160
All your bath toys are
waiting.
對啊，就在浴缸裡。你的泡澡玩
具都在等你了。

Kid Yeah! It's bath time! 🎧 Track 0161
耶！該洗澡囉！

- -

★ 每天聽與說，習慣成自然 🎧 Track 0162

★ **It's bath time.** 洗澡時間到囉！

★ **All your bath toys are waiting.**
你的泡澡玩具都在等著囉！

★ **It's time for a bath.** 該洗澡了。

★ **Time to take a shower.** 該洗澡囉！

催孩子洗澡……

OK. After you.

Dad Have you showered yet? 🎧 Track 0163
你洗澡了嗎?

Kid Not yet. 🎧 Track 0164
還沒。

Dad Do you want to take a shower now? 🎧 Track 0165
你現在想洗澡嗎?

Kid No, not now. 🎧 Track 0166
不,現在不想。

Dad I'll take a shower first. Then you need to take a shower. 🎧 Track 0167

我先洗澡。然後你就得洗澡喔。

Kid OK. After you. 🎧 Track 0168

好。你先。

⸱⸱⸱⸱⸱⸱⸱⸱⸱⸱⸱⸱⸱⸱⸱⸱⸱⸱⸱⸱⸱⸱⸱⸱⸱⸱⸱⸱⸱⸱⸱⸱⸱⸱⸱⸱⸱

★ 英語順口溜 🎧 Track 0169

★ **Go take a shower.** 去洗澡。

★ **It's your turn to shower.** 該你洗澡了。

★ **You need a shower today.** 你今天必須洗個澡。

★ **Want a bubble bath today?** 今天想洗泡泡澡嗎？

★ **Your hair is smelly.** 你的頭髮好臭。

★ **You must wash your hair today.**
你今天一定得洗頭。

★ **You need to wash yourself.** 你得洗個澡。

★ **You smell so good now.** 你現在聞起來香噴噴的。

還有更多好用的單字唷！ 🎧 Track 0170

- body wash 沐浴乳
- shower gel 沐浴露
- face wash 洗面乳
- shampoo 洗髮精
- conditioner 潤髮乳
- bathroom 浴室
- tub 浴缸
- shower nozzle 蓮蓬頭

Put on Clothes

穿衣服／穿褲子

▶ This is what you can do…

與其幫孩子把衣服褲子穿好，不妨試試讓孩子自己穿衣服。引導孩子把頭套進衣服領口，把手穿過袖子洞口，甚至試著自己 button up（扣扣子）。每當孩子自己做到一小部分，就給予大大的稱讚。不用多久，孩子就能自己穿衣服了！

教小孩穿衣服

Mom Take off your pajamas. 🎧 *Track 0172*
把睡衣脫掉。

Kid I'm wearing my Batman T-shirt today. 🎧 *Track 0173*
我今天要穿我的蝙蝠俠 T 恤。

Mom OK. Put it on. 🎧 *Track 0174*
好啊。穿上吧。

Kid And my jeans. 🎧 *Track 0175*
還有牛仔褲。

Mom Very well. Put them on. 🎧 *Track 0176*
很好。穿上吧。

Kid And my Batman jacket. 🎧 *Track 0177*
還有我的蝙蝠俠外套。

Mom Put it on. I'll zip it up for you. 🎧 *Track 0178*
穿上吧。我幫你拉拉鏈。

⋯⋯⋯⋯⋯⋯⋯⋯⋯⋯⋯⋯⋯⋯⋯⋯⋯⋯⋯⋯

★ 每天聽與說，習慣成自然 🎧 *Track 0179*

★ **Take it off.** 把它脫下來。

★ **Put it on.** 把它穿上去。

★ **Zip it up.** 拉上拉鏈。

★ **I'll zip it up for you.** 我幫你拉拉鏈。

服飾配件和鞋子也要穿戴整齊

I think so.

Can you put on the shoes by yourself?

Mom Can you put on the shoes by yourself?
你可以自己穿鞋子嗎？

🎧 Track 0180

Kid Yes.
可以啊。

🎧 Track 0181

Mom Can you buckle them yourself?
你可以自己扣上鞋扣嗎？

🎧 Track 0182

Kid I think so.
我想可以。

🎧 Track 0183

Mom Very good. Good boy. 🎧 Track 0184
Don't forget your cap.
非常好。好孩子。別忘了你的帽子喔。

Kid And my backpack. 🎧 Track 0185
還有我的背包！

....

★ 英語順口溜 🎧 Track 0186

★ **Put on your socks.** 穿上你的襪子。

★ **Put on your shoes.** 穿上你的鞋。

★ **Buckle your shoes.** 扣上你的鞋扣。

★ **Tie your shoes.** 綁好你的鞋帶。

★ **Zip up your jacket.** 拉上夾克拉鏈。

★ **Zip up your pants.** 拉上褲子拉鏈。

★ **Put on your hat.** 戴上你的帽子。

★ **You wear your clothes inside out.**
你的衣服穿反了。

還有更多好用的單字唷！ 🎧 Track 0187

• sneakers 運動鞋
• flip-flops 夾腳拖鞋
• scarf 圍巾
• shoelaces 鞋帶

• zipper 拉鏈
• gloves 手套
• coat 外套
• raincoat 雨衣

🎧 *Track 0188*

Housework
動手做家事

▶ This is what you can do...

很多孩子很喜歡幫忙一起做家事。即使是很小的一件事，在孩子完成之後，給他們一句 You are a great little helper!（你真是一個很棒的小幫手！）就會讓孩子很有成就感而開心一整天喔！

讓孩子一起做家事

Good! Can you rinse these plates?

Kid What are you doing Mom? 🎧 *Track 0189*

媽媽，你在做什麼？

Mom I'm doing the dishes. 🎧 *Track 0190*

我在洗碗啊！

Kid I'd like to help. 🎧 *Track 0191*

我想幫忙。

Mom Good! Can you rinse these plates? 🎧 *Track 0192*

好啊。你可以沖洗這些盤子嗎？

Kid Yes, I can do it. 🎧 *Track 0193*

我可以的。

Mom You're such a great helper! 🎧 *Track 0194*

你真是個好幫手！

● ●

🚩 **每天聽與說，習慣成自然** 🎧 *Track 0195*

★ **I'd like to help.** 我想幫忙。

★ **Would you like to help?** 你想幫忙嗎？

★ **Can you do it?** 你可以做這件事嗎？

★ **You are such a great helper.** 你真是個好幫手！

Mom Jack, can you come here?　🎧 Track 0196
傑克，你可以過來這兒嗎？

Kid Yes, Mom?　🎧 Track 0197
媽媽，什麼事？

Mom I need you to take out the garbage.　🎧 Track 0198
我要你把這垃圾拿出去。

Kid Right now?　🎧 Track 0199
現在嗎？

Mom Yes, the garbage truck is coming in five minutes. 🎧 *Track 0200*
是啊，垃圾車五分鐘後就會來了。

Kid No problem. 🎧 *Track 0201*
沒問題。

⋯⋯⋯⋯⋯⋯⋯⋯⋯⋯⋯⋯⋯⋯⋯⋯⋯⋯⋯⋯⋯⋯⋯⋯⋯⋯

⭐ 英語順口溜 🎧 *Track 0202*

★ **Do the dishes.** 洗碗。

★ **Rinse the plates.** 沖洗盤子。

★ **Wipe the table.** 擦桌子。

★ **Take out the garbage.** 把垃圾帶走。

★ **Clean up the room.** 清理房間。

★ **Sweep the floor.** 掃地。

★ **Vacuum the floor.** 吸地。

★ **Mop the floor.** 拖地。

還有更多好用的單字唷！ 🎧 *Track 0203*

- helper 幫手
- floor 地板
- table 餐桌
- window 窗戶
- mop 拖把
- wiper 抹布
- vacuum cleaner 吸塵器
- broom 掃把

🎧 Track 0204

Tidy-up Time
收拾玩具

▶ **This is what you can do...**

孩子都愛玩玩具。孩子還小的時候，爸爸媽媽可以動手和孩子一起收拾整理散落一地的玩具，養成孩子玩完玩具就自動收拾的好習慣。等孩子大一些，爸爸媽媽只要一聲令下 Tidy up time!（收拾時間到！）提醒孩子該整理玩具了，就行囉！

訓練孩子收拾玩具

I don't want to play building bricks anymore.

Kid I don't want to play building bricks anymore. 　🎧 Track 0205
我不想再玩積木了。

Mom OK. Let's tidy up. 　🎧 Track 0206
好。我們來收拾吧。

Kid I don't know how to tidy up. 　🎧 Track 0207
我不知道要怎麼收拾。

Mom Just put the bricks back into the box. 　🎧 Track 0208
只要把積木放回盒子裡就行了。

Kid Like this? 　🎧 Track 0209
像這樣嗎？

Mom Yes. You're doing a great job! 　🎧 Track 0210
對。你做得很棒！

● ●

★ 每天聽與說，習慣成自然 　🎧 Track 0211

★ **Let's tidy up!** 我們來收拾吧。

★ **Let's clean up together!** 我們一起整理吧。

★ **Put it into the box.** 把它放進盒子裡。

★ **It's easy.** 這很簡單。

孩子不想收拾，媽媽還是要堅持……

I want to play toy cars.

Kid I want to play toy cars. 🎧 Track 0212
我想玩玩具汽車了。

Mom Tidy up the bricks first. 🎧 Track 0213
先把積木整理好。

Kid I don't want to. 🎧 Track 0214
我不想整理。

Mom Yes, you do. 🎧 Track 0215
你想的。

Kid I might want to play with the bricks again later. 🎧 Track 0216
我可能等一下又會想玩積木啊。

Mom You can take them out again when you want to play. 🎧 *Track 0217*

你想玩的時候再拿出來就好。

⸻

★ 英語順口溜 🎧 *Track 0218*

★ **Tidy up first.** 先整理。

★ **No other toys before you tidy this up.**
整理好這個之前，不能玩其他玩具。

★ **You can do it.** 你可以做得到的。

★ **It's tidy up time.** 收拾時間到囉！

★ **Put it into the box.** 把它放回盒子裡。

★ **Put it onto the shelf.** 把它放回架子上。

★ **Put it in the corner.** 把它放在角落。

★ **Put it in the bag.** 把它放在袋子裡。

還有更多好用的單字唷！ 🎧 *Track 0219*

- building bricks 積木
- puzzles 拼圖
- toy car 玩具汽車
- doll 洋娃娃
- teddy bear 泰迪熊娃娃
- playdough 培樂多黏土
- storybook 故事書
- wooden toy 木頭玩具

Clean up the Room

整理房間

▶ This is what you can do...

如果你不是個喜歡跟在孩子後面收拾整理的家長，也不想要在進到孩子房間時，總是被眼前亂象嚇到驚呼 What a messy room!（多亂的一個房間啊！）那就讓孩子從小養成隨時 put everything back in its place（物歸原處）的好習慣吧！

請孩子整理自己的房間

I need you to clean your room.

Dad I need you to clean your room.
🎧 Track 0221
我需要你整理你的房間。

Kid I will.
🎧 Track 0222
我會的。

Dad When?
🎧 Track 0223
什麼時候？

Kid Later.
🎧 Track 0224
待會兒。

Dad Don't drag your feet. Tidy up your desk now.
🎧 Track 0225
別拖拖拉拉的。現在就整理你的書桌。

Kid OK. Dad.
🎧 Track 0226
好的，爸爸。

Dad And hang the schoolbag on the peg.
🎧 Track 0227
然後把書包掛在掛鉤上。

● ●

★ 每天聽與說，習慣成自然
🎧 Track 0228

★ **Clean your room.** 收拾你的房間。

★ **Don't drag you feet.** 別拖拖拉拉的。

★ **Tidy up your desk.** 整理你的書桌。

★ **Hang it on the peg.** 把它掛在掛鉤上。

孩子找不到東西時，就是機會教育的好時候！

Kid Mom, I can't find my baseball cap.　🎧 *Track 0229*

媽，我找不到我的棒球帽。

Mom It must be in your room.　🎧 *Track 0230*

它一定在你房間內某個地方。

Kid I can't find it in my room.　🎧 *Track 0231*

我在房間內找不到它。

Mom That's because it's too messy.　🎧 *Track 0232*

那是因為房間太亂了。

Kid I guess you're right. 🎧 *Track 0233*
我想你是對的。

Mom Clean up the room. 🎧 *Track 0234*
I'm sure you'll find it.
把房間整理一下。
我相信你會找到的。

• •

🚩 英語順口溜 🎧 *Track 0235*

★ **It's too messy.** 它太亂了。

★ **Your room is a mess.** 你的房間有夠亂。

★ **Don't mess up the room.** 別把房間弄亂了。

★ **Do not make a mess of your room.**
別把房間弄得一團亂。

★ **Put everything back to where it belongs.**
把每樣東西物歸原處。

★ **Put it away after use.** 用完就收起來。

★ **Hang up the clothes.** 把衣服掛起來。

★ **Keep your room clean.** 保持房間乾淨。

還有更多好用的單字喔！ 🎧 *Track 0236*

• peg 掛鉤
• box 箱子、盒子
• closet 衣櫃
• bedroom 臥房
• drawer 抽屜
• chest 五斗櫃
• desk 書桌
• bookshelf 書櫃

3

Table Time

餐桌時光篇

餐桌時光篇 1

Breakfast
早餐

▶ This is what you can do...

跟孩子一起悠閒地吃頓 slow breakfast（慢食的早餐），是開始一天最棒的方式。即使真的太晚起床，或是因為趕著出門而沒有時間慢慢享用早餐，寧可做份 quick breakfast（快速早餐），簡單吃吃，也千萬別不吃早餐喔！

悠閒的早餐時光

Mom I made pancakes for breakfast. 🎧 Track 0238

我早餐做了鬆餅噢。

Kid My favorite! 🎧 Track 0239

我最喜歡的！

Mom Would you like some honey on it? 🎧 Track 0240

你要不要淋一些蜂蜜？

Kid Yes, please. 🎧 Track 0241

要，麻煩給我一些。

Mom Would you like juice or milk? 🎧 Track 0242

你要果汁還是牛奶？

Kid Juice, please. 🎧 Track 0243

請給我果汁。

Mom Here you go. 🎧 Track 0244

給你。

Kid Thank you, Mommy. 🎧 Track 0245

謝謝你，媽咪。

⭐ 每天聽與說，習慣成自然 🎧 Track 0246

★ **Here's your breakfast.** 這是你的早餐。

★ **My favorite.** 我最愛吃的。

★ **Would you like some milk?** 你要喝點牛奶嗎？

★ **Yes, please.** 好的，麻煩你。

075

沒時間慢慢吃早餐的時候……

I am eating as fast as I can.

Mom Eat your pancake!
快吃你的鬆餅！

🎧 Track 0247

Kid I am eating.
我在吃了。

🎧 Track 0248

Mom Eat faster! You are already late.
吃快一點！你已經遲到了。

🎧 Track 0249

Kid I am eating as fast as I can.
我已經儘量吃快了。

🎧 Track 0250

Mom Please get up earlier tomorrow.
🎧 Track 0251
明天請早一點起床。

Kid OK. I will.
🎧 Track 0252
好啦，我會的。

· ·

🚩 英語順口溜
🎧 Track 0253

★ **Eat faster.** 吃快一點！

★ **I am eating.** 我在吃了。

★ **I am eating as fast as I can.**
我已經儘量吃很快了。

★ **You don't have enough time for breakfast.**
你沒時間吃早餐了。

★ **Just grab a bite.** 隨便吃一口吧。

★ **Get up earlier tomorrow.** 明天早點起來。

★ **Finish your milk.** 把牛奶喝完。

★ **Want more pancakes?** 要再多一點鬆餅嗎？

還有更多好用的單字唷！ 🎧 Track 0254

• sandwich 三明治
• hash browns 薯餅
• pancake 鬆餅
• poached egg 水煮蛋
• scrambled egg 炒蛋
• Chinese steamed bun 饅頭
• fried bread stick 油條

Lunch
午餐

▶ **This is what you can do...**

週末或假日的早晨，難免會因為想多睡一會兒而晚起。有時候用早餐的時間都已經快接近中午了，只好就來個豐盛的 brunch（早午餐），一次把早餐及午餐一起解決了。

跟孩子討論午餐內容

Kid I feel hungry.
🎧 Track 0256
我覺得餓了。

Dad Me, too. What do you want for lunch?
🎧 Track 0257
我也是。你午餐想吃什麼？

Kid Anything but fast food.
🎧 Track 0258
只要不是速食都好。

Dad I can make sandwiches.
🎧 Track 0259
我可以做三明治。

Kid Can you make a salmon sandwich for me then?
🎧 Track 0260
你可以幫我做份鮭魚三明治嗎？

Dad No problem.
🎧 Track 0261
沒問題。

★ 每天聽與說，習慣成自然
🎧 Track 0262

★ **I feel hungry.** 我覺得餓了。

★ **Me, too.** 我也是。

★ **What do you want for lunch?** 你午餐想吃什麼？

★ **I can make sandwiches.** 我可以做三明治。

孩子吃飯狼吞虎嚥……

I can't help it.
It's too good.

Dad Hey, don't eat like a wolf.　🎧 Track 0263

嘿，別狼吞虎嚥。

Kid I can't help it. It's too good.　🎧 Track 0264

我忍不住嘛。太好吃了。

Dad Eat slowly so you don't choke.　🎧 Track 0265

慢慢吃，才不會噎到。

Kid OK. Dad, ...　🎧 Track 0266

好啦。爸……

Dad What?
🎧 Track 0267
怎麼了？

Kid I'm still hungry. Can I have another sandwich?
🎧 Track 0268
我還很餓。
可以再來一個三明治嗎？

⋯⋯⋯⋯⋯⋯⋯⋯⋯⋯⋯⋯⋯⋯⋯⋯⋯⋯⋯⋯⋯⋯⋯

★ 英語順口溜
🎧 Track 0269

★ **Eat like a wolf.** 狼吞虎嚥。

★ **Eat like a pig.** 大吃大喝。

★ **Eat like a horse.** 吃得很多。

★ **Eat like a bird.** 吃得很少。

★ **Eat slowly.** 慢慢吃。

★ **I'm still hungry.** 我還很餓。

★ **It's too good.** 太好吃了。

★ **It's so yummy.** 這實在太好吃了。

還有更多好用的單字唷！ 🎧 Track 0270

• chicken nugget 雞塊
• fried chicken 炸雞
• curry rice 咖哩飯
• fried noodles 炒麵
• fried rice 炒飯
• beef noodles 牛肉麵
• sushi 壽司
• salad 沙拉

Dinner
晚餐

▶ **This is what you can do...**

如果孩子等不及晚餐準備好就喊肚子餓，讓他們先吃點
pre-dinner snacks（餐前點心）也無妨。不論是 carrot/
celery stick（蘿蔔 / 芹菜棒），或是 dried fruit（果乾），
都是很適合的餐前點心。

孩子肚子餓，等不及啦！

Mom, is dinner ready yet?

Kid Mom, is dinner ready yet?

🎧 *Track 0272*

媽，晚餐好了嗎？

Mom Not yet.

🎧 *Track 0273*

還沒。

Kid I'm starving.

🎧 *Track 0274*

我好餓。

Mom You can have some apple first.

🎧 *Track 0275*

你可以先吃點蘋果。

Kid OK. But when will dinner be ready?

🎧 *Track 0276*

好。但是晚餐什麼時候才會好？

Mom Soon.

🎧 *Track 0277*

馬上就好了。

- -

⭐ 每天聽與說，習慣成自然

🎧 *Track 0278*

★ **Is dinner ready yet?** 晚餐好了嗎？

★ **Not yet.** 還沒。

★ **I'm starving.** 我快餓死了。

★ **Dinner will be ready soon.** 晚餐馬上好。

晚餐好了，請大家開動吧！

Dinner time!

Mom Dinner time! 　　　　　　🎧 Track 0279
吃晚餐囉！

Kid Yeah! I can't wait! 　　　　🎧 Track 0280
耶！我等不及啦！

Mom Have you washed your 　🎧 Track 0281
hands?
你洗過手了嗎？

Kid Yes, I just did. 　　　　　　🎧 Track 0282
嗯，我剛洗過了。

Mom Good. Let's wait for 　　🎧 Track 0283
Daddy.
很好。我們等一下爸爸。

Dad Coming, coming. ⌒ Track 0284
來了，來了。

Mom Now let's dig in! ⌒ Track 0285
現在我們開動吧！

★ 英語順口溜 ⌒ Track 0286

★ **Dinner time!** 吃晚餐囉！

★ **Time for supper!** 吃晚餐囉！

★ **Go wash your hands first.** 先去洗手。

★ **Let's wait for Daddy.** 等一下爸爸。

★ **I can't wait.** 我等不及了。

★ **I can eat a horse.** 我要狂吃。

★ **Let's dig in!** 我們開動吧！

★ **Let's eat!** 吃吧！

還有更多好用的單字唷！ ⌒ Track 0287

- pasta 通心粉
- spaghetti 義大利麵
- pizza 比薩
- hamburger 漢堡
- boiled dumpling 水餃
- fried dumpling 鍋貼
- steamed dumpling 蒸餃
- ramen 拉麵

Tea Time

點心時間

▶ This is what you can do...

如果有 ice shaver（刨冰機），就可以在炎熱夏日午後，和孩子在家動手做 shaved ice（刨冰），上面淋上自己喜歡的 toppings（配料）來吃。不想那麼麻煩？那麼來一支 ice pop/ice lolly（冰棒）也不錯喲！

點心時間

Mom, can we have some snacks?

Kid Mom, can we have some snacks? 🎧 *Track 0289*
媽媽，我們可以吃點點心嗎？

Mom Sure. What do you want? 🎧 *Track 0290*
好啊。你想吃什麼？

Kid I'd like some cookies to go with milk. 🎧 *Track 0291*
我想吃餅乾配牛奶。

Mom Sounds good. 🎧 *Track 0292*
聽起來蠻不錯的。

Kid What about you, Mom? 🎧 *Track 0293*
那你呢，媽媽？

Mom I'll have a scone to go with tea. 🎧 *Track 0294*
我想吃司康餅配茶。

Kid What are we waiting for? 🎧 *Track 0295*
那我們還等什麼呢？

• •

🚩 每天聽與說，習慣成自然 🎧 *Track 0296*

★ **Can we have some snacks?**
我們可以吃點點心嗎？

★ **What about you?** 那你呢？

★ **I'd like some cookies.** 我想吃點餅乾。

★ **What are we waiting for?** 那我們還等什麼呢？

孩子甜點吃過頭了……

> I want another cupcake.

Kid I want another cupcake. 🎧 Track 0297
我想再吃一個杯子蛋糕。

Mom You already had three cupcakes. 🎧 Track 0298
你已經吃了三個杯子蛋糕了。

Kid These chocolate cupcakes are really good. 🎧 Track 0299
這些巧克力杯子蛋糕真的很好吃。

Mom I agree, but you already had too much. 🎧 Track 0300
我同意，但你已經吃太多了。

Kid Well, can I have a scone then?

🎧 Track 0301

好吧，那我可以吃個司康餅嗎？

Mom The answer is still no.

🎧 Track 0302

答案也是不行。

★ 英語順口溜

🎧 Track 0303

★ **You already had too much.** 你已經吃太多了。

★ **These cupcakes are the best.**
這些杯子蛋糕是最好吃的。

★ **Can I have another one?** 我可以再吃一個嗎？

★ **Would you like some more?** 你還要再吃一點嗎？

★ **I want something sweet.** 我想吃點甜的。

★ **I want something icy cold.**
我想吃點冰冰涼涼的東西。

★ **I just want something to drink.** 我只想要喝東西。

★ **This is so good.** 這個好好吃噢。

還有更多好用的單字喔！ 🎧 Track 0304

- muffin 馬芬蛋糕
- waffle 格子鬆餅
- cupcake 杯子蛋糕
- apple pie 蘋果派
- scone 司康餅
- ice cream cone 甜筒冰淇淋
- cookie 餅乾
- fruit 水果

🎧 Track 0305

Table Manners
用餐禮儀

▶ **This is what you can do…**

雖然用餐時最重要的是輕鬆愉快，但是 table manner（餐桌禮儀）也不能不注意。例如吃東西不要發出 slurping noise（吃東西的聲音）、打嗝後要説 Excuse me.（對不起）等等。孩子的餐桌教養，要從小開始啊！

在用餐時提醒孩子注意用餐禮儀……

Mom, today ...

Kid Mom, today ...　　🎧 Track 0306
媽，今天啊……

Mom Hey, you have food in 🎧 Track 0307
your mouth.
嘿，你嘴巴裡有食物耶。

Kid Oh, sorry. (Burp)　　🎧 Track 0308
噢，抱歉。（打嗝）

Mom Cover your mouth when 🎧 Track 0309
you burp.
打嗝的時候把嘴巴遮起來。

Kid Oh, Mom. I forgot what 🎧 Track 0310
I wanted to say.
噢，媽，我忘記我要說什麼了啦。

Mom Sorry, but your table 🎧 Track 0311
manners are awful.
抱歉，但你的餐桌禮儀
實在太糟了。

. . . .

🚩 每天聽與說，習慣成自然　　🎧 Track 0312

★ **Don't talk with food in your mouth.**
嘴巴裡有食物不要講話。

★ **Cover your mouth when you burp.**
打嗝的時候嘴巴要遮起來。

★ **Mind your table manners.** 注意你的餐桌禮儀。

★ **Don't slurp your soup.** 喝湯不要發出聲音。

隨時提醒，才能養成孩子良好的用餐禮儀……

The soup is really yummy.

Kid The soup is really yummy. 🎧 Track 0313
這湯真是美味。

Mom I know. But please don't 🎧 Track 0314
lick your spoon.
我知道，不過請你不要舔湯匙。

Kid The chicken is delicious, 🎧 Track 0315
too.
雞肉也好好吃。

Mom Chew your food with 🎧 Track 0316
your mouth closed.
嚼食物時，嘴巴閉上。

Kid OK. 🎧 Track 0317
好的。

Mom Please sit nicely and stop kicking me under the table. 🎧 *Track 0318*

請你坐好，不要一直在桌下踢我的腳。

Kid Oh, OK. Sorry, Mom. 🎧 *Track 0319*

噢，好。對不起，媽媽。

★ 英語順口溜 🎧 *Track 0320*

★ **No toys.** 吃飯不玩玩具。

★ **Come with your clean hands.** 手洗乾淨再過來。

★ **Stay seated.** 坐好。

★ **Mouth closed.** 嘴巴閉起來（吃東西）。

★ **No playing.** 不要玩食物。

★ **No slurping.** 吃東西不要發出聲音。

★ **Elbows off the table.** 手肘不要放在桌上。

★ **No rude noises.** 不要發出沒禮貌的聲音。

還有更多好用的單字唷！ 🎧 *Track 0321*

- spoon 餐匙
- fork 餐叉
- knife 餐刀
- chopsticks 筷子
- napkin 餐巾
- table 餐桌
- chair 椅子
- plate 餐盤

More Eating Habits

用餐狀況（吃不完，挑食等等）

▶ This is what you can do...

孩子如果吃不下了，爸爸媽媽其實不需要勉強孩子繼續進食，免得讓孩子鬧 stomachache（肚子疼）。孩子若是挑食，爸爸媽媽就得多花點心思循循善誘了。畢竟要有 balanced diet（均衡飲食），才能有健康的身體呀！

吃不下了

Mom, I can't finish it.

Kid Mom, I can't finish it. 🎧 *Track 0323*
媽媽,我吃不完。

Mom Are you full? 🎧 *Track 0324*
你飽了嗎?

Kid Yes. I am so full. 🎧 *Track 0325*
I can't eat anymore.
對。我好飽。我再也吃不下了。

Mom Alright, then. 🎧 *Track 0326*
那好吧。

Kid Can I have the dessert now? 🎧 *Track 0327*
我現在可以吃甜點了嗎?

Mom No. You are full. Remember? 🎧 *Track 0328*
不行。你已經吃飽了,記得嗎?

🚩 **每天聽與說,習慣成自然** 🎧 *Track 0329*

★ **I can't finish it.** 我吃不完。

★ **I am so full.** 我好飽。

★ **I can't eat anymore.** 我再也吃不下了。

★ **You are full. Remember?** 你已經飽了,記得嗎?

孩子挑食

Green pepper is delicious.

There's green pepper on it.

Mom Why don't you eat your pizza? 🎧 *Track 0330*

你怎麼不吃比薩？

Kid I don't like it. 🎧 *Track 0331*

我不喜歡。

Mom What's wrong with it? 🎧 *Track 0332*

有什麼問題嗎？

Kid There's green pepper on it. 🎧 *Track 0333*

上面有青椒。

Mom Green pepper is delicious. 🎧 *Track 0334*

青椒很好吃呀。

Kid I hate it.　　🎧 Track 0335
我討厭。

Mom Give it a try. It's 🎧 Track 0336
better than you think.
試試看嘛。它比你想像得好吃噢。

· ·

⭐🚩 英語順口溜　　🎧 Track 0337

★ **Don't be a picky eater.** 別挑食。

★ **I don't like it.** 我不喜歡。

★ **I hate the smell.** 我討厭那個味道。

★ **It's gross.** 那好噁。

★ **Give it a try.** 試試看嘛。

★ **Milk makes you grow taller.** 牛奶會讓你長高喔。

★ **Carrots are good for your eyes.**
紅蘿蔔對眼睛很好噢。

★ **It tastes better than you think.**
它吃起來比你想像的好吃。

還有更多好用的單字唷！　🎧 Track 0338

- carrot 紅蘿蔔
- green pepper 青椒
- peas 豌豆
- broccoli 花椰菜
- bitter melon 苦瓜
- cucumber 小黃瓜
- eggplant 茄子
- vegetable 蔬菜

🎧 *Track 0339*

Clean-up
收拾善後

▶ **This is what you can do...**

與其讓孩子在用完餐點後就拍拍屁股離開，不如讓他們跟爸爸媽媽一起 clean up（收拾善後）。年紀小的孩子可以 wipe the table（抹桌子），年紀大一些的孩子，可以負責 wash the dishes（洗碗）。大家一起動手收拾，可以省不少時間呢！

讓孩子一起收拾餐桌

Dad Finished?　　　　　　　　　🎧 Track 0340
吃完了嗎？

Kid Yes.　　　　　　　　　🎧 Track 0341
吃完了。

Dad Good. Let's clear the　🎧 Track 0342
table.
很好。我們來清理桌面吧。

Kid What can I do to help?　🎧 Track 0343
我可以做什麼呢？

Dad Could you wipe the　　🎧 Track 0344
table, please?
可以請你抹桌子嗎？

Kid Yes, I can do it.　　　🎧 Track 0345
可以，我會做。

Dad Good boy.　　　　　　　🎧 Track 0346
好孩子。

• •

🚩 每天聽與說，習慣成自然　　🎧 Track 0347

★ **Let's clear the table.** 我們來清理桌面吧。

★ **Can you wipe the table?** 你可以擦桌子嗎？

★ **Can you remove these dirty plates?**
你可以拿走這些髒盤子嗎？

★ **Can you wash the dishes?** 你可以洗碗嗎？

Let me take care of
the dirty dishes.

Kid Let me take care of the 🎧 *Track 0348*
dirty dishes.
我來負責髒碗盤吧。

Mom Are you sure? 🎧 *Track 0349*
你確定？

Kid Yes. I can do it. 🎧 *Track 0350*
對。我可以做的。

Mom That's very sweet of 🎧 *Track 0351*
you.
你真好。

Kid It's a piece of cake. See? 🎧 Track 0352
很簡單啊。你看！

Mom You're really doing a great job! 🎧 Track 0353
你真的洗得很乾淨耶！

⭐ 英語順口溜 🎧 Track 0354

★ **I can take care of the dirty dishes.**
我來負責髒盤子。

★ **I'm done doing the dishes.** 我洗好碗了。

★ **It's a piece of cake.** 這簡單得不得了。

★ **Take out the kitchen waste.** 把廚餘拿去丟。

★ **Put the leftovers in the fridge.** 剩菜放到冰箱裡。

★ **Rinse the dishes.** 沖洗碗盤。

★ **Dry the dishes.** 擦乾碗盤。

★ **Put the dishes away.** 把碗盤收起來。

還有更多好用的單字唷！ 🎧 Track 0355

- dishes 碗盤
- cup 杯子
- glass 玻璃杯
- bowl 碗
- plate 盤
- dish soap 洗碗精
- dishwasher 洗碗機
- dish cleaning sponge 洗碗海綿菜瓜布

4 *Outdoor Activities*
戶外的親子活動篇

🎧 Track 0356

Picnics
野餐

▶ **This is what you can do...**

天氣好的時候，拎起 picnic basket（野餐籃），準備一些簡單的食物，即使只是在自家庭院，鋪張 picnic blanket（野餐墊），就可以盡情享受 picnic fun（野餐樂趣）了。比起坐在餐桌上吃飯，孩子通常更愛在戶外用餐的感覺呢！

準備野餐去！

Let's go for a picnic.

Mom It's a beautiful day.
今天天氣真好。

🎧 Track 0357

Kid Let's go for a picnic.
我們去野餐吧。

🎧 Track 0358

Mom Great idea!
好主意！

🎧 Track 0359

Kid I'll get the picnic blanket.
我去拿野餐墊。

🎧 Track 0360

Mom I'll make some sandwiches.
我來做些三明治。

🎧 Track 0361

Kid I can't wait.
我等不及了。

🎧 Track 0362

Mom Me, too.
我也是。

🎧 Track 0363

⋯⋯⋯⋯⋯⋯⋯⋯⋯⋯⋯⋯⋯⋯⋯⋯⋯⋯⋯⋯⋯

★ 每天聽與說，習慣成自然　　🎧 Track 0364

★ **It's a beautiful day.** 今天天氣真好。

★ **Let's go for a picnic.** 我們去野餐吧。

★ **Let me get the picnic blanket.** 我去拿野餐墊。

★ **I can't wait.** 我等不及了。

Daddy, look! There's a bird.

Kid Daddy, look! There's a bird. 🎧 *Track 0365*

爸爸你看！有隻鳥耶。

Dad He wants to join us. 🎧 *Track 0366*

牠想加入我們。

Kid Can I give him some food? 🎧 *Track 0367*

我可以給牠一點食物嗎？

Dad Maybe some cookie crumbs. 🎧 *Track 0368*

也許給牠一點餅乾屑吧。

Kid Cheese? 🎧 *Track 0369*
起司呢？

Dad Absolutely not. 🎧 *Track 0370*
絕對不行。

• •

★ 英語順口溜 🎧 *Track 0371*

★ **Let's have a picnic.** 我們來野餐吧。

★ **A lovely day for a picnic.** 適合野餐的美好日子。

★ **There's a bird.** 有隻鳥耶。

★ **You can share your cookies.** 你可以分享你的餅乾。

★ **Can I feed him?** 我可以餵他吃東西嗎？

★ **He wants to join us.** 他想加入我們。

★ **I love picnics.** 我喜歡野餐。

★ **We can do this more often.** 我們可以多來野餐。

還有更多好用的單字唷！ 🎧 *Track 0372*

- picnic basket 野餐籃
- picnic blanket 野餐墊
- picnic food 野餐食物
- summer drink 夏日飲品
- snack 點心
- cracker 餅乾
- chips 洋芋片
- grass 草地

戶外的親子活動篇 2

Park

公園

▶ This is what you can do...

小孩一開始到公園玩時，難免會有點膽怯。坐在滑梯上不敢溜，爸爸媽媽可以在滑梯下面接應，並鼓勵他：Slide down!（滑下來呀！）小孩不敢玩鞦韆，爸爸媽媽可以跟他說：I'll push you on the swing.（我會幫你推）。多玩幾次，建立信心後，他們就可以自己玩得很開心了。

在公共遊戲區的遊戲規則

Kid I want to play on the swing.
🎧 *Track 0374*
我想玩盪鞦韆。

Dad You need to take turns.
🎧 *Track 0375*
你得跟其他小朋友輪流玩噢。

Kid I want to play now.
🎧 *Track 0376*
我現在就想玩。

Dad You have to wait in line.
🎧 *Track 0377*
你得排隊呀。

Kid Or I can play with something else.
🎧 *Track 0378*
還是我玩其他的。

Dad That's fine.
🎧 *Track 0379*
也可以。

⭐ 每天聽與說，習慣成自然
🎧 *Track 0380*

★ **You need to take turns.** 你們得輪流玩。

★ **You have to wait in line.** 你得排隊呀。

★ **You can play with something else first.**
你可以先玩別的。

★ **We can come back for this later.**
我們可以等會兒再回來完這個。

> No! I don't want to go home yet.

Mom OK. Time to go home! 🎧 *Track 0381*
好了，該回家囉！

Kid No! I don't want to go home yet. 🎧 *Track 0382*
不要！我還不要回家！

Mom It's getting dark. 🎧 *Track 0383*
天都要黑了。

Kid I want to play more. 🎧 *Track 0384*
我還想要玩。

Mom We can come again tomorrow. 🎧 *Track 0385*
我們可以明天再來啊！

Kid Promise?
真的嗎？

🎧 Track 0386

Mom Yes. I promise.
真的，我答應你。

🎧 Track 0387

- -

⭐ 英語順口溜

🎧 Track 0388

★ **It's time to go home.** 該回家囉！

★ **I don't want to go home yet.** 我還不想回家。

★ **I want to play more.** 我還想要玩。

★ **Five more minutes?** 再五分鐘好嗎？

★ **I'm going home.** 我要回家囉！

★ **We can come again tomorrow.**
我們可以明天再來。

★ **I promise.** 我答應你。

★ **It's getting dark .** 天要黑了。

還有更多好用的單字唷！ 🎧 Track 0389

- slide 滑梯
- swing 鞦韆
- monkey bars 兒童攀爬架
- seesaw 翹翹板

- rocking horse 搖搖馬
- sandpit 沙坑
- litter bin 垃圾桶
- bench 長椅

🎧 *Track 0390*

Outings
踏青郊遊

▶ This is what you can do...

天氣適合的話，與其讓孩子待在家裡看電視，不如約孩子到戶外郊遊踏青。不用安排什麼特別的行程，光是 flower viewing（賞花）、bird watching（賞鳥）或是純粹 take a hike（徒步走走），就是很棒的親子活動了。

帶孩子出遊去

Why are we here?

Dad It's a perfect day for an outing. 🎧 Track 0391
今天天氣很適合出遊。

Kid Daddy, where are we? 🎧 Track 0392
爸爸，我們在哪兒呀？

Dad Yang Ming Shan. 🎧 Track 0393
陽明山。

Kid Why are we here? 🎧 Track 0394
我們來這兒幹嘛？

Dad To see the flowers. 🎧 Track 0395
來賞花呀。

Kid The air is so fresh here. 🎧 Track 0396
這裡空氣好新鮮喔。

Dad It is. Take a deep breath! 🎧 Track 0397
對啊。做個深呼吸吧！

⚑ 每天聽與說，習慣成自然 🎧 Track 0398

★ **Let's go on an outing.** 我們出遊去吧！

★ **It's a perfect day for an outing.**
今天天氣很適合出遊。

★ **The air is fresh.** 空氣好新鮮。

★ **Take a deep breath.** 做個深呼吸吧。

Kid I can't walk any more.
我走不動了。
🎧 Track 0399

Mom Let's go to the pavilion for a break.
我們到亭子那兒休息一下吧。
🎧 Track 0400

Kid I am so thirsty.
而且我好渴喔。
🎧 Track 0401

Mom Take out your water bottle.
把你的水壺拿出來。
🎧 Track 0402

Kid I'm a little hungry, too.
我也有點餓。
🎧 Track 0403

114

Mom You can have a sticky
rice roll. Here you go.

🎧 Track 0404

你可以吃一個飯糰。拿去吧。

• •

★ 英語順口溜

🎧 Track 0405

★ **I am so tired.** 我好累喔。

★ **I can't walk anymore.** 我走不動了。

★ **Let's take a break.** 我們休息一下吧。

★ **I need a rest.** 我得休息一下。

★ **I'm so thirsty.** 我好渴。

★ **I'm a little hungry.** 我有點餓。

★ **There's a pavilion.** 那兒有個涼亭。

★ **I've got something to eat.** 我這兒有東西吃。

還有更多好用的單字唷！ 🎧 Track 0406

• **pavilion** 涼亭
• **rock** 石頭
• **flower** 花
• **tree** 樹

• **squirrel** 松鼠
• **cherry blossom** 櫻花
• **outing** 郊遊
• **hiking** 踏青

Amusement Park

遊樂場

▶ This is what you can do...

到 theme park（主題公園）或是 amusement park（遊樂園）玩，是每個孩子都期待的事。如果可以的話，儘量避開 high season（旺季），趁 low season（淡季）或是 weekday（平日）來玩。不然的話，就只能做好排隊排到天荒地老的心理準備了。

排隊玩設施

> Look at the long line!

116

Mom What do you want to start with?
你想先玩什麼？

🎧 *Track 0408*

Kid Definitely the roller coaster.
當然是雲霄飛車啊。

🎧 *Track 0409*

Mom Look at the long line!
你看那長長的隊伍！

🎧 *Track 0410*

Kid I don't mind waiting.
我不介意排隊。

🎧 *Track 0411*

Mom It will take one and a half hours!
要排一個半小時耶！

🎧 *Track 0412*

Kid Let's get the fastpass.
我們拿快速通關券吧。

🎧 *Track 0413*

Mom Good idea.
好主意。

🎧 *Track 0414*

⚑ 每天聽與說，習慣成自然

🎧 *Track 0415*

★ **What do you want to start with?** 你想先玩什麼？

★ **Look at the long line!** 你看那長長的隊伍！

★ **We need to wait in line.** 我們得排隊。

★ **Let's get the fastpass.** 拿快速通關券吧。

同一個設施，孩子想一玩再玩……

Kid That was super fun!　🎧 Track 0416
超好玩的！

Mom Yeah, it was really exciting.　🎧 Track 0417
對啊，真的很刺激。

Kid It was worth the wait.　🎧 Track 0418
等那麼久是值得的。

Mom It was.　🎧 Track 0419
沒錯。

Kid Can we do it again?　🎧 Track 0420
可以再玩一次嗎？

Mom Gee! No! Let's go ride something else. 🎧 Track 0421

老天，不要！我們去玩別的。

. . . .

⚑ 英語順口溜 🎧 Track 0422

★ **That was super fun!** 那超好玩的。

★ **It was really exciting.** 真的很刺激。

★ **It was worth the wait.** 等那麼久是值得的。

★ **The line is too long.** 隊伍太長了。

★ **Let's go ride something else.** 我們去玩別的。

★ **Shall we buy some souvenirs?** 買點紀念品好嗎？

★ **Let's do it again.** 我們再玩一次吧！

★ **Give me a break.** 饒了我吧。

還有更多好用的單字唷！ 🎧 Track 0423

- **merry-go-round** 旋轉木馬
- **ferris wheel** 摩天輪
- **roller coaster** 雲霄飛車
- **swing boat/pirate ship** 海盜船
- **bumper boats** 碰碰船
- **bumper cars** 碰碰車
- **free fall** 自由落體
- **parade** 遊行表演

🎧 *Track 0424*

Swimming Pool

游泳池

▶ **This is what you can do...**

即使不會游泳，帶孩子到游泳池泡泡水，也是炎炎夏日不可或缺的消暑方式。不過除了提醒孩子來游泳池，要遵守 safety rules（安全規則）之外，也要注意公共衛生，絕對不能 pee in the water（在水裡尿尿）喔！

準備游泳了！

Dad Your cap? 🎧 *Track 0425*
泳帽？

Kid Check! 🎧 *Track 0426*
有了！

Dad Your goggles? 🎧 *Track 0427*
泳鏡？

Kid Check! 🎧 *Track 0428*
有了！

Dad Your armbands? 🎧 *Track 0429*
臂圈？

Kid Check! 🎧 *Track 0430*
有了！

Dad Good! Now let's get into 🎧 *Track 0431*
the pool.
很好！現在我們到泳池裡去吧！

★ 每天聽與說，習慣成自然 🎧 *Track 0432*

★ **Ready to swim?** 準備可以游泳了嗎？

★ **Your goggles?** 你的泳鏡呢？

★ **Check!** 有了！

★ **Get into the pool!** 到泳池裡去吧！

Mommy, I feel like I need to pee.

Kid Mommy, I feel like I need to pee.
媽媽，我想尿尿。

Mom Can you hold it?　🎧 *Track 0433*
你可以忍住嗎？

Kid I think so.　🎧 *Track 0434*
我想可以吧。

Mom Good. Now let's go to the toilet.　🎧 *Track 0435*
很好。現在我們去廁所吧。

Kid To the toilet?　🎧 *Track 0436*
去廁所？

Mom Yeah. You cannot pee in 🎧 *Track 0437*
the pool.
對啊。你不能尿在泳池裡。

- -

★ 英語順口溜 🎧 *Track 0438*

★ **I need a swimming ring.** 我需要泳圈。

★ **Do not pee in the pool.** 不要在池裡尿尿。

★ **Use your kickboard.** 用你的浮板。

★ **Grab on to the wall.** 抓著牆。

★ **Peddle your feet.** 用腳踢水。

★ **No running around the pool.** 不要在池邊奔跑。

★ **No diving.** 嚴禁跳水。

★ **No food or drink in the pool area.**
泳池區域禁止飲食。

還有更多好用的單字唷！ 🎧 *Track 0439*

- swimming ring 游泳圈
- swimming goggles 泳鏡
- swimming cap 泳帽
- swimming armbands 游泳臂圈
- swimming vest 游泳背心
- kickboard 浮板
- ear plug 耳塞
- lifeguard 泳池救生員

🎧 *Track 0440*

Beach

海邊

▶ **This is what you can do...**

除了游泳池，海邊也是一個消暑玩水的好選擇。雖然孩子年紀太小，無法做 surfing（衝浪）、banana boat-riding（坐香蕉船）或是 jet skiing（騎水上摩托車）等水上活動，但是在海邊 build sandcastle（堆沙堡）、collect shells（撿貝殼）也很有意思呢！

在海灘玩沙

Look at my sand snowman!

124

Kid What are you building, Mom?　🎧 Track 0441

你在堆什麼呢，媽媽？

Mom A sandcastle. You?　🎧 Track 0442

一個沙堡啊。你呢？

Kid I am building a sand snowman.　🎧 Track 0443

我在堆一個沙雪人。

Mom Look at my sandcastle!　🎧 Track 0444

你看我的沙堡！

Kid Look at my sand snowman!　🎧 Track 0445

你看我的沙雪人！

Mom That's a very nice sand snowman!　🎧 Track 0446

真是一個漂亮的沙雪人呀！

★ 每天聽與說，習慣成自然　🎧 Track 0447

★ **What are you building?** 你在堆什麼？

★ **I am building a sandcastle.** 我在堆沙堡。

★ **Let's build a sandcastle.** 我們來堆個沙堡吧！

★ **Look at my sand snowman.** 看我的沙雪人！

 海邊撿貝殼……

Mom Look!
你看！

🎧 *Track 0448*

Kid What's that, Mommy?
那是什麼呀，媽咪？

🎧 *Track 0449*

Mom It's a seashell.
是個貝殼喲。

🎧 *Track 0450*

Kid Mommy, there's another seashell!
媽咪，那兒還有一個貝殼！

🎧 *Track 0451*

Mom That's a very pretty one.
那個貝殼真漂亮。

🎧 *Track 0452*

Kid It's moving!
它在動耶！

🎧 *Track 0453*

Mom Oh, there's a hermit crab in it.
🎧 *Track 0454*

噢，裡面有個寄居蟹哩！

★ 英語順口溜
🎧 *Track 0455*

★ **What's that?** 那是什麼？

★ **It's a seashell.** 那是個貝殼。

★ **It's pretty.** 好漂亮喔。

★ **It's moving.** 它在動耶。

★ **There's a hermit crab.** 有隻寄居蟹哩。

★ **Just leave them on the beach.**
把它們留在沙灘上。

★ **Don't bring them home.** 別把它們帶回家。

★ **The hermit crabs need them.** 寄居蟹需要它們。

 還有更多好用的單字唷！ 🎧 *Track 0456*

- beach towel 海灘巾
- sandcastle 沙堡
- beach volleyball 海灘排球
- hermit crab 寄居蟹
- seashell 貝殼
- sea wave 海浪
- sea breeze 海風
- banana boat 香蕉船

🎧 Track 0457

Sports Park
運動公園

▶ **This is what you can do…**

現在有越來越多 sports park（運動公園）可以讓爸爸媽媽帶著孩子去活動筋骨。除了有球場可以進行球類運動之外，往往還會有寬敞的場地可以讓孩子 go rollerblading（溜直排輪）、go skateboarding（溜滑板）或是 go caster boarding（溜蛇板），真是休閒假日的好去處！

親子一起運動

Dad Good. It's not too crowded yet.
很好。現在還沒太多人。

Track 0458

Kid Because we are early.
因為我們很早來啊。

Track 0459

Dad Let's put on our rollerblades.
我們把直排輪穿上吧。

Track 0460

Kid Don't forget the elbow pads.
別忘了護肘。

Track 0461

Dad And the kneepads and the helmet.
還有護膝和安全帽。

Track 0462

Kid I'm ready!
我好了！

Track 0463

Dad Wait for me!
等等我啊！

Track 0464

★ 每天聽與說，習慣成自然

Track 0465

★ **It's not too crowded yet.** 還沒有很多人。

★ **We are early.** 我們很早來。

★ **I'm ready.** 我好了！

★ **Wait for me!** 等等我啊！

鼓勵孩子嘗試新運動

Looks like fun.

Kid **What are they playing?** 🎧 Track 0466
他們在玩什麼？

Dad **They are playing football.** 🎧 Track 0467
他們在踢足球。

Kid **Looks like fun.** 🎧 Track 0468
看起來好像很好玩。

Dad **Do you want to try?** 🎧 Track 0469
你想試試看嗎？

Kid **Why not?** 🎧 Track 0470
好啊！

Dad Good. Let's go join them.

Track 0471

很好。我們去加入他們吧！

- -

★ 英語順口溜

Track 0472

★ **Looks like fun.** 看起來好像很好玩。

★ **Do you want to try?** 你想試試看嗎？

★ **Why not?** 好啊！

★ **Do you want to join them?** 你想加入他們嗎？

★ **Go join them.** 去加入他們呀！

★ **Give it a try!** 試試看嘛！

★ **It's fun.** 很好玩喔。

★ **You can play with them.** 你可以跟他們一起玩啊。

還有更多好用的單字唷！ *Track 0473*

- basketball 籃球
- baseball 棒球
- football 足球
- badminton 羽毛球
- tennis 網球
- rollerblading 溜直排輪
- run 跑步
- warm up 熱身

戶外的親子活動篇 8

🎧 Track 0474

Zoo

動物園

▶ This is what you can do...

帶孩子逛動物園時，不妨給他一張 zoo map（動物園地圖），讓孩子自己學著看地圖，自己規劃遊園路線。給孩子一個機會充當一日小導遊，帶著爸媽逛動物園，也挺有趣的呀！

帶孩子逛動物園

Dad Where shall we start? 🎧 *Track 0475*
我們該從哪開始好呢？

Kid I want to see the giraffes. 🎧 *Track 0476*
我想看長頸鹿。

Dad They are in the African Animal Area. 🎧 *Track 0477*
牠們在非洲動物區。

Kid Let's go. 🎧 *Track 0478*
我們走吧。

Dad Do you see the giraffes? 🎧 *Track 0479*
你看到長頸鹿了嗎？

Kid Yes. They are so tall. 🎧 *Track 0480*
看到了。牠們好高呀！

....

⚑ 每天聽與說，習慣成自然 🎧 *Track 0481*

★ Where shall we start? 我們該從哪開始好呢？

★ I want to see the giraffes. 我想看長頸鹿。

★ Can you see the giraffes? 你可以看到長頸鹿嗎？

★ They are so tall. 牠們好高呀。

遵守規則，愛護動物

> Can I feed the giraffes?

Kid Can I feed the giraffes?
🎧 *Track 0482*
我可以餵長頸鹿吃東西嗎？

Mom I'm afraid not. Look at the sign.
🎧 *Track 0483*
恐怕不行。你看那個標牌。

Kid What does it say?
🎧 *Track 0484*
標牌寫什麼？

Mom It says, don't feed the animals.
🎧 *Track 0485*
它寫「不要餵食動物。」

Kid Why not?
為什麼不行呢？

🎧 Track 0486

Mom They may get sick.
他們可能會生病。

🎧 Track 0487

⭐ 英語順口溜

🎧 Track 0488

★ **Don't feed the animals.** 不要餵食動物。

★ **Don't lean on the railings.** 不要靠在欄杆上。

★ **Don't sit on the railings.** 不要坐在欄杆上。

★ **Don't climb on the railings.** 不要爬到欄杆上。

★ **Don't bang on the glass.** 不要拍打玻璃。

★ **Don't tap on the glass.** 不要敲打玻璃。

★ **Don't scare the animals.** 不要嚇動物。

★ **No camera flash.** 不要使用照相閃光燈。

還有更多好用的單字唷！ 🎧 Track 0489

- lion 獅子
- elephant 大象
- zebra 斑馬
- tiger 老虎

- antelope 羚羊
- koala 無尾熊
- flamingo 紅鶴
- panda 貓熊

戶 外 的 親 子 活 動 篇 **9**

🎧 *Track 0490*

Camping

露營

▶ This is what you can do...

假日帶孩子一起遠離都市，到山裡露營，實在很舒心啊！雖然現在很流行 glamping（豪華露營），但是帶著孩子嘛，simple is the best（簡單就好）。既然露營的目的是要帶孩子 get close to nature（接近大自然），露營的方式就不必太講究啦。

跟孩子一起搭營

Can I help pitch the tent?

Sure. Let's work together.

戶 外 的 親 子 活 動 篇 **9**

🎧 *Track 0490*

Camping
露營

▶ This is what you can do...

假日帶孩子一起遠離都市，到山裡露營，實在很舒心啊！雖然現在很流行 glamping（豪華露營），但是帶著孩子嘛，simple is the best（簡單就好）。既然露營的目的是要帶孩子 get close to nature（接近大自然），露營的方式就不必太講究啦。

跟孩子一起搭營

Can I help pitch the tent?

Sure. Let's work together.

Dad This is our campsite. 🎧 Track 0491
這就是我們的營地啦。

Kid Can I help pitch the tent? 🎧 Track 0492
我可以幫忙搭帳篷嗎？

Dad Sure. Let's work together. 🎧 Track 0493
當然。我們一起搭。

Kid We are fast! 🎧 Track 0494
我們動作好快喔！

Dad You are a good helper. 🎧 Track 0495
你是個好幫手呀。

Kid Thanks. Now what? 🎧 Track 0496
謝啦。現在要幹嘛呢？

Dad Let's get ready to BBQ! 🎧 Track 0497
我們準備要烤肉啦！

★ 每天聽與說，習慣成自然 🎧 Track 0498

★ **This is our campsite.** 這是我們的營地。

★ **Let's pitch the tent.** 我們來搭帳篷吧。

★ **We can work together.** 我們可以一起搭。

★ **You are a good helper.** 你是個好幫手。

露營不留痕跡……

Let's strike the tent.

Mom Let's strike the tent.
我們來收帳篷吧。

🎧 Track 0499

Kid Now?
現在？

🎧 Track 0500

Mom Yes. It's about time.
對啊。時間差不多了。

🎧 Track 0501

Kid Can we come again?
我們可以再來嗎？

🎧 Track 0502

Mom Sure. Maybe next weekend.
當然好。也許下週末就來。

🎧 Track 0503

Kid Great! I'll help clean up the campsite.
🎧 Track 0504

太棒了。我來幫忙清理營地。

★ 英語順口溜 🎧 Track 0505

★ **We are fast.** 我們動作好快。

★ **Hold this for me.** 幫我拿著這個。

★ **Can you give me a hand here?**
你可以來這裡幫我一下嗎？

★ **I can help.** 我可以幫忙。

★ **Let's get ready to BBQ.** 我們準備來烤肉囉！

★ **Let's make a fire.** 我們來升火吧。

★ **It's time to strike the tent.** 該收帳了。

★ **Time to clean up!** 該收拾一下囉！

還有更多好用的單字唷！ 🎧 Track 0506

- tent 帳篷
- campsite 營地
- campfire 營火
- camp stove 可攜式瓦斯爐
- sleeping bag 睡袋
- camp lantern 營燈
- flashlight 手電筒
- chest cooler 行動冰箱

🎧 *Track 0507*

Taking Photos
幫小孩拍照

▶ **This is what you can do...**

爸爸媽媽最愛幫孩子拍照，但是孩子並不總是願意乖乖配合照相，有時候還會 pull a long face（擺臭臉），讓爸媽快門按不下去。這種時候，不妨就用側拍的方式記錄孩子的日常，反而可以拍出最自然的 daily photos（生活照）。

幫小孩拍照

Mom Look at Mommy.　🎧 *Track 0508*
看媽媽。

Kid Why?　🎧 *Track 0509*
為什麼？

Mom I'm taking a picture of you.　🎧 *Track 0510*
我要幫你照相。

Kid I don't want to take pictures.　🎧 *Track 0511*
我不想照相。

Mom Come on. Just one picture. Say "cheese"　🎧 *Track 0512*
好啦，就拍一張。說「七」。

Kid Alright. Cheese.　🎧 *Track 0513*
好吧。七。

Mom Good girl. It's a nice shot.　🎧 *Track 0514*
好孩子。這張拍得很棒。

● ●

🚩 每天聽與說，習慣成自然　🎧 *Track 0515*

★ **Look at me.** 看我。

★ **I'm taking a picture of you.** 我幫你拍一張。

★ **I don't want to take pictures.** 我不想拍照。

★ **It's a nice shot.** 這張拍得很棒。

Mommy, I want a picture with my teddy bear.

Kid Mommy, I want a picture with my teddy bear. 🎧 Track 0516
媽媽，我想跟我的泰迪熊
照一張相。

Mom Sure. 🎧 Track 0517
當然好啊！

Kid Let me see. 🎧 Track 0518
讓我看。

Mom Here. Take a look! 🎧 Track 0519
在這兒。你看看。

Kid Oh, it's too blurry.　🎧 Track 0520
噢，這太模糊了啦。

Mom OK. Let's do it again.
好吧。我們再拍一次。

• •

⚑ 英語順口溜　🎧 Track 0521

★ **I want a picture with you.** 我想跟你拍一張照。

★ **It's blurry.** 很模糊耶。

★ **Let's do it again.** 我們再拍一次。

★ **Let's take a selfie.** 我們來自拍一張。

★ **Say "cheese".** 説「七」。

★ **Great pose.** 很棒的姿勢。

★ **Nice shot.** 拍得很棒。

★ **Smile.** 笑一個。

還有更多好用的單字唷！　🎧 Track 0522

- camera 相機
- phone 手機
- blurry 模糊
- pose 姿勢
- selfie 自拍
- selfie stick 自拍棒
- model 模特兒
- signature pose 招牌動作

5

Indoor Activities

在家的親子活動篇

1 玩玩具
2 一起下廚做點心
3 一起做勞作（紙飛機）
4 一起玩桌遊
5 一起看電視
6 一起閱讀
7 聊天

🎧 *Track 0524*

Playing with the Toys
玩玩具

▶ **This is what you can do...**

再貴的玩具、再有趣的電腦遊戲，對孩子來說，都比不上
爸爸媽媽花時間陪伴的時光。因此生活再怎麼忙碌，爸爸
媽媽也要 squeeze some time out（擠出時間來）陪孩子
玩一些天馬行空的遊戲。

跟孩子玩遊戲

Kid Daddy, play with me. 　　*Track 0525*
爸爸，跟我玩。

Dad OK. 　　*Track 0526*
好啊。

Kid I am the teacher, and 　　*Track 0527*
you are the student.
我是老師，你是學生。

Dad OK. Teacher. 　　*Track 0528*
好的，老師。

Kid Now repeat after me. 　　*Track 0529*
A-a-a, apple.
現在跟我一起唸。A-a-a, apple.

Dad A-a-a, apple. 　　*Track 0530*
A-a-a, apple.

Kid Well done! 　　*Track 0531*
非常好！

. . . .

★ 每天聽與說，習慣成自然 　　*Track 0532*

★ **Play with me.** 跟我玩。

★ **Can we play?** 我們來玩好嗎？

★ **I want to play with building bricks.**
我想玩積木。

★ **Let's play hide and seek.** 我們來玩捉迷藏。

I am the winner!

Dad Oh, I am tired.　　　　🎧 Track 0533
噢，我累了。

Kid Come on. Let's fight!　　🎧 Track 0534
快點。我們來打仗！

Dad Daddy cannot fight　　　🎧 Track 0535
anymore.
爸爸打不動了。

Kid So I am the winner?　　　🎧 Track 0536
所以我獲勝囉？

Dad You are the winner.　　　🎧 Track 0537
你獲勝了。

Kid I am the winner!

🎧 *Track 0538*

我是勝利者！

★ 英語順口溜

🎧 *Track 0539*

★ **I can't play anymore.** 我玩不動了。

★ **Let's play!** 我們來玩嘛！

★ **Let's fight!** 我們來打仗！

★ **I am tired.** 我累了。

★ **I need a rest.** 我得休息一下。

★ **Who's the winner?** 誰獲勝？

★ **You are the winner.** 你獲勝了。

★ **I am the winner.** 我獲勝了！

還有更多好用的單字唷！ 🎧 *Track 0540*

- Barbie doll 芭比娃娃
- soft toy 絨毛玩具
- toy car 玩具車
- toy train 玩具火車
- toy track 玩具軌道
- hide and seek 捉迷藏
- remote control car 遙控車
- audio storybook 有聲故事書

🎧 Track 0541

Cook Together
一起下廚做點心

▶ **This is what you can do...**

外面買的東西，即使方便又好吃，偶爾還是可以跟孩子一起下廚，做一些簡單又美味的點心。雖然成品不一定 look good（賣相很好），但是只要是孩子自己動手做出來的，一定讓他們直呼 Yummy!（好吃！）Delish!（美味！），並且吮指再三，回味無窮。

讓孩子一起動手做

Mommy, what are you doing?

Kid Mommy, what are you doing?
🎧 *Track 0542*
媽咪，你在做什麼？

Mom I am making cookies.
🎧 *Track 0543*
我在做餅乾啊。

Kid I want to help.
🎧 *Track 0544*
我想幫忙。

Mom That's very nice of you.
🎧 *Track 0545*
你真好。

Kid What can I do?
🎧 *Track 0546*
我能做什麼呢？

Mom Mix the egg and flour.
🎧 *Track 0547*
把蛋和麵粉混合在一起。

⋯⋯⋯⋯⋯⋯⋯⋯⋯⋯⋯⋯⋯⋯⋯⋯⋯⋯⋯⋯⋯⋯⋯⋯⋯⋯⋯⋯⋯⋯

★ 每天聽與說，習慣成自然
🎧 *Track 0548*

★ **I want to help.** 我想幫忙。

★ **What can I do?** 我可以做什麼呢？

★ **Can you help me bake a cake?**
可以幫我烤蛋糕嗎？

★ **Let's bake some cookies.** 我們來烤餅乾吧。

Now let's put them into the oven.

Mom Now let's put them into the oven. 🎧 *Track 0549*
現在我們要把它們放進烤箱了。

Kid Why? 🎧 *Track 0550*
為什麼？

Mom We need to bake them. 🎧 *Track 0551*
我們要烤他們啊。

Kid For how long? 🎧 *Track 0552*
要烤多久呢？

Mom About 20 minutes. 🎧 *Track 0553*
大概二十分鐘吧。

Kid I can't wait. 🎧 *Track 0554*
我等不及了。

Mom Be patient. 🎧 *Track 0555*
有點耐心嘛。

・・・・・・・・・・・・・・・・・・・・・・・・・・・・・・・

★ 英語順口溜 🎧 *Track 0556*

★ **Mix it slowly.** 請慢慢攪打。

★ **Pour the milk into the bowl.** 把牛奶倒進碗裡。

★ **Add some sugar.** 加一點糖。

★ **Put all the flour into the bowl.**
把所有麵粉倒進碗裡。

★ **Melt the butter.** 把奶油融化。

★ **We need three eggs.** 我們需要三顆蛋。

★ **Put it in the oven.** 把它放進烤箱裡。

★ **Keep it in the fridge.** 把它放在冰箱裡。

還有更多好用的單字唷！ 🎧 *Track 0557*

- pudding 布丁
- panna cotta 奶酪
- fruit jelly 水果果凍
- oven 烤箱
- egg 雞蛋
- butter 奶油
- sugar 糖
- flour 麵粉

🎧 *Track 0558*

Handicrafts
一起做勞作（紙飛機）

▶ This is what you can do...

有沒有試過跟孩子自己動手做玩具呢？用色紙折隻簡單的 paper airplane（紙飛機）或是 paper boat（紙船），看看誰的紙飛機飛得比較遠，誰的紙船開得比較快，會有意想不到的趣味喔！

自己動手做

Watch carefully.
Tada! A boat!

Mom What is this?　🎧 Track 0559
這是什麼？

Kid It's a piece of paper.　🎧 Track 0560
這是一張紙啊。

Mom I can make a boat out of this paper.　🎧 Track 0561
我可以用這張紙做一艘船喔。

Kid Show me! Show me!　🎧 Track 0562
做給我看！做給我看！

Mom Watch carefully. Tada! A boat!　🎧 Track 0563
仔細看噢。登登！一艘船！

Kid Wow! It's like magic! Can you teach me?　🎧 Track 0564
哇！好像魔術一樣！
可以教我嗎？

Mom Sure.　🎧 Track 0565
當然啊！

⋯⋯⋯⋯⋯⋯⋯⋯⋯⋯⋯⋯⋯⋯⋯⋯⋯⋯⋯⋯⋯⋯⋯

★ 每天聽與說，習慣成自然　🎧 Track 0566

★ **Show me!** 做給我看！

★ **Watch carefully.** 仔細看噢。

★ **Can you teach me?** 可以教我嗎？

★ **Do as I do.** 照著我做。

使用工具要小心……

Be careful with the scissors.

Dad Be careful with the scissors.
用剪刀要小心噢。

🎧 Track 0567

Kid Why?
為什麼？

🎧 Track 0568

Dad Because you don't want to hurt yourself.
因為你不會想要弄傷自己啊。

🎧 Track 0569

Kid Am I using them right?
我這樣用對嗎？

🎧 Track 0570

Dad Yes, very good. Keep your eyes on the scissors.
🎧 Track 0571

對。非常好。眼睛要看著剪刀喔。

Kid OK.
🎧 Track 0572

好。

★ 英語順口溜
🎧 Track 0573

★ **Be careful with the scissors.** 用剪刀要小心。

★ **Keep your eyes on the scissors.** 眼睛看著剪刀。

★ **Don't cut your fingers.** 別剪到你的手指頭。

★ **Fold it up.** 把它對折。

★ **Fold it twice.** 對折兩次。

★ **Glue them up.** 把它們黏起來。

★ **Color it red.** 把它塗上紅色。

★ **Cut out a circle.** 剪出一個圓形。

還有更多好用的單字唷！ 🎧 Track 0574

- scissors 剪刀
- glue 膠水
- clay 黏土
- white glue 白膠
- colored paper 色紙
- tape 膠帶
- colored pen 彩色筆
- crayon 蠟筆

Board Games
一起玩桌遊

▶ **This is what you can do...**

除了 Monopoly（大富翁）之外，有很多 board game（桌上遊戲）適合闔家同樂。弄清楚 game rules（遊戲規則），就可以全家人聚在一起，享受一個美好的 quality time（和家人相處的美好時光）。

全家都能一起玩的遊戲

Mom, come join us.

Dad What shall we play today? 　　🎧 *Track 0576*
我們今天要玩什麼呢？

Kid How about Snakes and Ladders? 　　🎧 *Track 0577*
玩「蛇梯棋」好嗎？

Dad I like this game. 　　🎧 *Track 0578*
我喜歡這個遊戲。

Kid Mom, come join us. 　　🎧 *Track 0579*
媽媽，跟我們一起玩。

Mom OK. I want the green mover. 　　🎧 *Track 0580*
好啊。我要綠色的。

Kid Let's roll the dice and decide who goes first. 　　🎧 *Track 0581*
我們來擲骰子，決定誰先。

Mom OK. Let's start. 　　🎧 *Track 0582*
好。開始吧。

• •

🚩 每天聽與說，習慣成自然 　　🎧 *Track 0583*

★ **Come join us.** 跟我們一起玩。

★ **We have to take turns.** 我們必須輪流。

★ **I want the green mover.** 我要綠色的移動棋。

★ **Roll the dice.** 擲骰子。

It's my turn.
Twelve steps
forward.

Dad Jail? What does it mean? 🎧 Track 0584
監牢？這是什麼意思？

Kid You go to jail and lose a turn. 🎧 Track 0585
你要去坐牢，而且暫停一次。

Dad Oh, no! 🎧 Track 0586
噢，不！

Kid It's my turn. Twelve steps forward. 🎧 Track 0587
該我了。向前走 12 步。

Mom It's my property. Please pay the rent. 🎧 Track 0588
是我的房產。請付過路費。

Kid **Here you go.**
拿去吧。

🎧 Track 0589

★ 英語順口溜 🎧 Track 0590

★ **Who goes first?** 誰先？

★ **You lose a turn.** 你要暫停一次。

★ **It's your turn to roll the dice.** 該你擲骰子了。

★ **It's my turn.** 該我了。

★ **Who's next?** 該誰了？

★ **It's not fair.** 不公平。

★ **It doesn't count.** 這次不算。

★ **Let's play it again!** 再玩一次！

還有更多好用的單字唷！ 🎧 Track 0591

- board game 桌遊
- Monopoly 大富翁
- Snakes and Ladders 蛇梯棋
- Chinese chess 象棋
- Chinese checkers 跳棋
- Rummikub 拉密數字磚塊牌
- card game 紙牌遊戲
- Bingo 賓果遊戲

🎧 Track 0592

TV Time
一起看電視

▶ This is what you can do...

與其把電視當保姆，不如坐下來跟孩子一起看。除了可以
適時地討論劇情、引導孩子正確的思維之外，最棒的是，
爸爸媽媽與孩子之間還多了 conversation topics（聊天話
題），避免跟孩子之間出現 generation gap（代溝）。

小孩離電視太近

Mom You are sitting too close to the TV. 🎧 *Track 0593*
你坐得離電視太近了。

Kid OK. 🎧 *Track 0594*
好。

Mom Go sit on the sofa. 🎧 *Track 0595*
去坐在沙發上。

Kid OK. 🎧 *Track 0596*
好。

Mom You didn't even move. 🎧 *Track 0597*
你根本沒有動啊。

Kid OK. OK. I am moving. 🎧 *Track 0598*
好啦，好啦，我在動了。

Mom You'll go blind. 🎧 *Track 0599*
你眼睛會瞎掉。

- -

★ 每天聽與說，習慣成自然 🎧 *Track 0600*

★ **You are too close to the TV.** 你離電視太近了。

★ **Go sit on the sofa.** 去坐在沙發上。

★ **Did you hear me?** 你有聽到我說話嗎？

★ **You'll go blind.** 你眼睛會瞎掉。

請小孩把電視關掉……

Dad You watch too much TV. 🎧 *Track 0601*
你看太多電視了。

Kid I just started. 🎧 *Track 0602*
我才剛開始看。

Dad It's been two hours. 🎧 *Track 0603*
已經兩小時了耶。

Kid Let me finish this 🎧 *Track 0604*
cartoon.
讓我看完這部卡通。

Dad I am turning off the TV. 🎧 *Track 0605*
我要把電視關掉了。

Kid Please! It's almost over. 🎧 *Track 0606*
拜託啦！快播完了啦。

・・・・・・・・・・・・・・・・・・・・・・・・・・・・・・・・・

★ 英語順口溜 🎧 *Track 0607*

★ **You watch too much TV.** 你看太多電視了。

★ **I just started.** 我才剛開始看。

★ **I am turning off the TV.** 我要把電視關掉了。

★ **Turn it off.** 把它關掉。

★ **Right now!** 立刻！

★ **Did you hear me?** 有聽到我說的嗎？

★ **I'm going to count to three.** 我數到三。

★ **Let me finish this, please.** 讓我把這個看完，拜託。

還有更多好用的單字唷！ 🎧 *Track 0608*

- cartoon 卡通
- animated movie 動畫電影
- TV show 電視節目
- near-sighted 近視
- couch potato 成天看電視的人
- Sponge Bob 海綿寶寶
- Pocket Monsters 神奇寶貝
- My Little Pony 彩虹小馬

🎧 *Track 0609*

Reading Time
一起閱讀

▶ This is what you can do...

和孩子共讀時，與其 read word by word（照本宣科）地
「唸」故事書給孩子聽，不如以「演」＋「說」的方式，
更能吸引孩子閱讀的興趣。讀完一本書後，問一些有關故
事內容的問題，引導孩子主動思考。

吸引孩子一起閱讀

Let's read this book.

Mom Let's read this book.　　　🎧 *Track 0610*
我們來讀這本書。

Kid What's it about?　　　🎧 *Track 0611*
是關於什麼的書？

Mom It's about three little　　　🎧 *Track 0612*
pigs.
關於三隻小豬。

Kid Are they brothers?　　　🎧 *Track 0613*
牠們是兄弟嗎？

Mom Yes, they are brothers.　　🎧 *Track 0614*
對啊，牠們是兄弟。

Kid Let's open the book.　　　🎧 *Track 0615*
我們把書打開吧。

Mom And the story begins...　　🎧 *Track 0616*
故事開始囉……

★ 每天聽與說，習慣成自然　　　🎧 *Track 0617*

★ **Let's read this book.** 我們來讀這本書。

★ **What's it about?** 是關於什麼的書？

★ **Let's open the book.** 把書打開吧。

★ **And the story begins ....** 故事開始囉……

以互動的方式跟孩子共讀

Mom Let's turn the page.
我們翻頁吧。
🎧 *Track 0618*

Kid Wow! A big wolf!
哇！一隻大野狼！
🎧 *Track 0619*

Mom Yeah. A very big bad wolf.
對。一隻很壞的大野狼。
🎧 *Track 0620*

Kid What's he gonna do?
牠要幹什麼？
🎧 *Track 0621*

Mom He blew down the house!
牠把房子給吹垮了！
🎧 *Track 0622*

Kid Oh, no! Run, Pigs, run! 🎧 Track 0623
噢，不！跑啊，小豬們，快跑啊！

Mom That's right! The two 🎧 Track 0624
pigs start running.
沒錯。兩隻小豬開始跑。

• •

★ 英語順口溜 🎧 Track 0625

★ Let's turn the page. 我們翻頁吧。

★ Turn to the next page. 翻到下一頁。

★ What's happening? 發生什麼事了？

★ What can we see on this page?
這一頁我們看到了什麼？

★ Can we read it all over again?
我們可以從頭再讀一次嗎？

★ Let's read it again. 我們再讀一次吧。

★ I want to read another book. 我要讀另一本書。

★ Let's read it together. 我們一起讀這本書吧。

還有更多好用的單字唷！ 🎧 Track 0626

• storybook 故事書
• fairy tale 童話
• prince 王子
• princess 公主
• witch 巫婆
• giant 巨人
• farmer 農夫
• mermaid 人魚

Chit-Chat

聊天

▶ **This is what you can do...**

和孩子聊天的時機非常有彈性，可以是 meal time（用餐時）、bath time（洗澡時）或是 bedtime（睡覺前）。聊天的時候，鼓勵孩子表達自己的想法，爸爸媽媽儘管當孩子的 best listeners（最佳聽眾）就好了！

聊對未來的想像

I want to be a princess.

Mom When you grow up ... 🎧 *Track 0628*
你長大的時候……

Kid Yeah? 🎧 *Track 0629*
怎樣？

Mom What do you want to be? 🎧 *Track 0630*
你想要做什麼呢？

Kid Hum ... I think ... 🎧 *Track 0631*
I want to be a princess.
嗯……我覺得……
我想要當一個公主。

Mom A princess? Why? 🎧 *Track 0632*
一個公主？為什麼呢？

Kid Because, a princess is 🎧 *Track 0633*
beautiful and elegant.
因為，公主很漂亮，又很優雅。

Mom Then you are already a 🎧 *Track 0634*
princess now.
那你現在就已經是個公主啦。

• •

★ 每天聽與說，習慣成自然 🎧 *Track 0635*

★ **Let's chit-chat.** 我們來聊天。

★ **We can talk about anything.** 我們什麼都能聊。

★ **What do you think?** 你覺得呢？

★ **How do you feel right now?** 你現在覺得如何？

聊情緒

Jeremy said something bad to me.

Baby, you look upset. Do you want to talk about it?

Mom Baby, you look upset. Do you want to talk about it? 🎧 Track 0636
寶貝，你看起來很不高興。
你想要聊聊嗎？

Kid Jeremy said something bad to me. 🎧 Track 0637
傑若米對我説不好的話。

Mom What did he say? 🎧 Track 0638
他説什麼？

Kid He said "poo". 🎧 Track 0639
他説「大便」。

Mom Did you tell him you didn't like it? 🎧 Track 0640
你有告訴他你不喜歡
他這麼說嗎？

Kid No. But next time, I will. 🎧 Track 0641
沒有。不過下一次，我會的。

⭐ 英語順口溜 🎧 Track 0642

★ **You look upset.** 你看起來不高興。

★ **What makes you sad?** 什麼事讓你傷心呢？

★ **What's so funny?** 什麼事那麼好笑？

★ **Do you want to talk about it?** 你想要聊聊嗎？

★ **Tell me.** 跟我說嘛。

★ **Tell me how you feel.** 告訴我你的感覺。

★ **Maybe I can help.** 也許我能幫忙喔。

★ **Do you feel better now?** 現在覺得舒服多了嗎？

還有更多好用的單字唷！ 🎧 Track 0643

• happy 快樂的
• sad 傷心的
• upset 不高興的
• angry 生氣的
• confused 困惑的
• worried 擔心的
• busy 忙碌的
• free 空閒的

173

6

Going Out

出門在外篇

🎧 *Track 0644*

Weather
天氣

▶ This is what you can do...

無論待在家裡或是出門在外，都可以利用當天的天氣狀況，帶孩子認識各種天氣形態。遇到 rainy day（下雨天）時，可以告訴孩子：「When sun comes out（太陽出來時），我們可以去外面找 rainbow（彩虹）喔！」然後抓緊機會帶孩子認識彩虹的顏色。

Mom We need to bring an umbrella.
Track 0645
我們得帶把傘。

Kid Why?
Track 0646
為什麼？

Mom Because it's raining.
Track 0647
因為正在下雨。

Kid Can I wear my sunglasses?
Track 0648
我可以帶我的太陽眼鏡嗎？

Mom You don't have to.
Track 0649
不需要。

Kid Why not?
Track 0650
為什麼呢？

Mom It's not sunny.
Track 0651
現在沒太陽啊。

★ 每天聽與說，習慣成自然
Track 0652

★ It's raining. 現在在下雨。

★ It's sunny. 現在出太陽。

★ Bring an umbrella. 帶把雨傘。

★ Put on your sunglasses. 戴上太陽眼鏡。

No! I don't feel cold.

Mom Put on your coat.　🎧 Track 0653
穿上外套吧。

Kid Why?　🎧 Track 0654
為什麼？

Mom It's chilly.　🎧 Track 0655
很冷啊。

Kid No, it's not.　🎧 Track 0656
不冷啊。

Mom Put it on. You'll catch a cold.　🎧 Track 0657
穿上啦。你會感冒的。

Kid No! I don't feel cold. 🎧 Track 0658
不要啦。我不覺得冷。

Mom Alright. 🎧 Track 0659
好吧。

....

⭐ 英語順口溜　🎧 Track 0660

★ **It's chilly.** 現在很冷。

★ **It's windy.** 現在風很大。

★ **Put on your coat.** 穿上外套吧。

★ **It's really hot.** 真的很熱。

★ **It's very warm today.** 今天很暖和。

★ **Do you need a jacket?** 你需要夾克嗎？

★ **Put on your wellies.** 穿上雨鞋吧。

★ **Don't get wet.** 別淋濕了。

還有更多好用的單字唷！ 🎧 Track 0661

- **rainy** 下雨的
- **sunny** 放晴的
- **windy** 颱風的
- **snowy** 下雪的
- **cloudy** 陰天的
- **warm** 暖和的
- **stormy** 暴風雨的
- **typhoon** 颱風

🎧 Track 0662

Street Crossing
過馬路

▶ This is what you can do...

帶孩子出門，最需要教會孩子的就是 cross the street「過馬路」這件事。為了讓孩子能看懂 traffic light（號誌燈）所代表的意義，在教孩子認識顏色時，可以先教 red（紅）和 green（綠）這兩個顏色；Red means"stop"and green means"go".（紅燈停，綠燈行）更是孩子一定要能朗朗上口的過馬路口訣喔！

教孩子看紅綠燈

Daddy, why did we stop?

Kid Daddy, why did we stop?　　🎧 *Track 0663*
爸爸，我們為什麼停下來？

Dad Do you see the traffic light?　　🎧 *Track 0664*
你有看到紅綠燈嗎？

Kid Yeah.　　🎧 *Track 0665*
有啊。

Dad The light is red.　　🎧 *Track 0666*
現在是紅燈喔。

Kid So?　　🎧 *Track 0667*
所以呢？

Dad Red means stop. Green means go.　　🎧 *Track 0668*
紅燈停，綠燈行。

Kid It's green now. Let's go.　　🎧 *Track 0669*
現在是綠燈了。我們走吧。

• •

★ 每天聽與說，習慣成自然　　🎧 *Track 0670*

★ **See the traffic light?** 看到紅綠燈了嗎？

★ **The light is red.** 現在是紅燈喔。

★ **Red means stop.** 紅燈停。

★ **Green means go.** 綠燈行。

Mom When you cross the street, always stop, look, listen and think. 　　🎧 *Track 0671*
你要過馬路的時候，
一定要記得停、看、聽、想。

Kid Why? 　　🎧 *Track 0672*
為什麼？

Mom Stop before you cross the street. 　　🎧 *Track 0673*
在你過馬路之前停下來。

Look and listen to make sure there are no cars coming. 　　🎧 *Track 0674*
看車子及聽聲音，
以確定沒有車子過來。

Think if it is safe enough to go.
🎧 Track 0675

想想看是不是夠安全，
可以過馬路了。

Kid I'll keep that in mind.
🎧 Track 0676
我會記住的。

⸱⸱

🚩 英語順口溜
🎧 Track 0677

★ **Stop, look, listen and think.** 停、看、聽、想。

★ **Wait for the green light.** 等綠燈。

★ **Don't run the red light.** 別闖紅燈。

★ **Don't play on the street.** 不要在馬路上玩。

★ **Make sure it's safe to go.** 確定可以安全過馬路。

★ **Now it's safe to go.** 現在可以安全過馬路了。

★ **Hold my hand.** 牽著我的手。

★ **Let's use the zebra crossing.** 我們走斑馬線。

還有更多好用的單字唷！
🎧 Track 0678

- zebra crossing 斑馬線
- pedestrian crossing 行人穿越道
- traffic light 紅綠燈
- flyover （英）天橋
- skybridge 人行天橋
- skywalk 天橋
- underground passage 地下道
- underpass 地下道

🎧 *Track 0679*

Waiting for the Bus
等公車

▶ This is what you can do...

拜科技進步之賜，現在我們已經可以利用 real-time bus tracking system（公車動態同步追蹤系統）來查詢公車位置及到站時間。如果離公車到站還有一點時間，附近剛好有便利商店或其他店家可以逛，不如帶孩子進去晃到時間差不多再出來。

公車遲遲不來

When will the bus come?

Kid When will the bus come? 🎧 *Track 0680*
公車什麼時候會來？

Mom Soon. 🎧 *Track 0681*
很快。

Kid How soon? 🎧 *Track 0682*
多快？

Mom In five minutes, I guess. 🎧 *Track 0683*
五分鐘吧，我想。

Kid I'm tired of waiting. 🎧 *Track 0684*
我等得好累喔。

Mom Be patient. 🎧 *Track 0685*
有點耐心嘛。

★ 每天聽與說，習慣成自然 🎧 *Track 0686*

★ **Soon.** 很快。

★ **In five minutes.** 再五分鐘。

★ **The bus is coming.** 公車來了。

★ **Be patient.** 有耐心一點。

Mommy, which bus route are we taking?

Kid Mommy, which bus route are we taking? 🎧 Track 0687
媽媽，我們要搭幾號線的公車？

Mom We're taking Bus 22. 🎧 Track 0688
我們要搭 22 號線。

Kid That's our bus! 🎧 Track 0689
那是我們要搭的公車耶！

Mom Too late. We missed it. 🎧 Track 0690
來不及了。我們錯過了。

Kid It's okay. Let's wait for 🎧 *Track 0691*
the next bus.
沒關係。我們等下一班。

Mom Yeah. I'm sure it's 🎧 *Track 0692*
coming soon.
嗯，我相信它馬上就會來了。

* *

★ 英語順口溜 🎧 *Track 0693*

★ **Which bus route are we taking?**
我們要搭幾號線的公車？

★ **We're taking Bus 285.** 我們要搭 285 號線。

★ **We missed it.** 我們錯過了。

★ **It's okay.** 沒關係。

★ **Let's wait for the next bus.** 我們等下一班。

★ **I'm sure it's coming soon.** 我相信很快就會來。

★ **It's coming in two minutes.** 公車兩分鐘後到。

★ **That's our bus!** 那是我們的公車！

還有更多好用的單字喔！ 🎧 *Track 0694*

- bus shelter 公車亭
- bus route 公車路線
- bus ticket 公車票
- change 零錢
- bus station 公車總站
- bus terminal
  公車終點站
- transfer 轉車
- express bus/
  direct bus 直達車

🎧 *Track 0695*

On a Bus
搭公車

▶ **This is what you can do...**

若是在 rush hours（交通尖峰時間）搭公車，很可能會遇到公車上 no available seats（沒空位）的狀況。如果孩子年紀尚小，通常會有人主動 give seat（讓位）。考慮到孩子的 bus safety（乘車安全），向讓座的人說聲謝謝後，讓孩子趕緊坐下來吧。

帶孩子搭公車

Why are you raising your arm, Mommy?

Mom It's our bus. 🎧 *Track 0696*
是我們要搭的公車。

Kid Why are you raising your hand, Mommy? 🎧 *Track 0697*
你為什麼要把手舉起來，媽媽？

Mom So the bus driver will stop for us. 🎧 *Track 0698*
這樣公車司機才會停下來載我們啊。

Kid I see. 🎧 *Track 0699*
原來是這樣。

Mom Now get on the bus. 🎧 *Track 0700*
現在上車吧。

Kid OK. 🎧 *Track 0701*
好。

★ 每天聽與說，習慣成自然 🎧 *Track 0702*

★ **It's our bus.** 是我們（要搭）的公車。

★ **Raise your hand.** 舉個手。

★ **Get on the bus.** 上車吧。

★ **I see.** 原來如此。

公車上沒座位時……

Kid It's a crowded bus.
這輛公車好多人呀。
Track 0703

Mom Yeah, hold on tight.
對啊,手抓緊喔。
Track 0704

Man Little boy, you can have my seat.
小弟弟,你可以坐我的位子。
Track 0705

Mom Oh, thank you very much.
噢,真是太謝謝你了。
Track 0706

Man No problem.
小事情。
Track 0707

Kid Thank you.
謝謝。

🎧 Track 0708

Man You're welcome.
不用客氣喔。

🎧 Track 0709

⭐ 英語順口溜

🎧 Track 0710

★ **Stand here.** 站在這裡。

★ **Hold on tight.** 手抓緊。

★ **You can have my seat.** 你可以坐我的位子。

★ **Thank you very much.** 非常謝謝你。

★ **No problem.** 小事情。

★ **You're welcome.** 不客氣。

★ **Ring the bell.** 按（下車）鈴。

★ **Sit well.** 坐好。

還有更多好用的單字唷！ 🎧 Track 0711

- bus stop 公車站
- rear door 後門
- front door 前門
- bus driver 公車司機
- Easy Card 悠遊卡
- card reader 讀卡機（感應器）
- seat 座位
- priority seat 博愛座

出門在外篇 5

On the MRT
搭捷運

▶ This is what you can do...

不論是搭 MRT/Mass Rapid Transit（臺北大眾捷運）、
KRT/Kaohsiung Rapid Transit（高雄捷運）或是 LRT/
Light Rail Transit（輕軌），車廂內都是 no food and
drinks（禁止飲食）的。孩子如果在車上吵著想吃東西，
爸爸媽媽可得對他們曉以大義，跟他們說清楚、講明白啊！

小孩想在捷運上吃東西

Kid Mom, can I have a cookie?　🎧 Track 0713
媽媽，我可以吃片餅乾嗎？

Mom No. Not now.　🎧 Track 0714
不，現在不行。

Kid Why not?　🎧 Track 0715
為什麼不可以？

Mom No food on the MRT.　🎧 Track 0716
捷運上不能吃東西。

Kid OK. I'll drink the juice then.　🎧 Track 0717
好吧。那我喝柳橙汁。

Mom I'm sorry, but no drinks either.　🎧 Track 0718
對不起，也不能喝飲料。

・・・・・・・・・・・・・・・・・・・・・・・・・・・・・

★ 每天聽與說，習慣成自然　🎧 Track 0719

★ **No food.** 不能吃東西。

★ **No drinks.** 不能喝飲料。

★ **Not now.** 現在不行。

★ **Wait until we get out of the station.**
等到我們離開車站吧。

叫醒在車上睡著的孩子

Are we there yet?

Mom Wake up, sweetheart.　　🎧 *Track 0720*
醒醒啊，寶貝。

Kid Are we there yet?　　🎧 *Track 0721*
我們到了嗎？

Mom Yes. We're getting off.　　🎧 *Track 0722*
對。我們要下車了。

Kid Is this our stop?　　🎧 *Track 0723*
是這一站嗎？

Mom No, in two more stops.　　🎧 *Track 0724*
不是，還有兩站。

Kid OK. I'm up.
好，我醒了。

🎧 Track 0725

Mom Good boy.
好孩子。

🎧 Track 0726

⭐ 英語順口溜

🎧 Track 0727

★ **Are we there yet?** 我們到了嗎？

★ **We're getting off.** 我們要下車了。

★ **Is this our stop?** 我們是在這一站下嗎？

★ **In two more stops.** 還有兩站。

★ **Do not lean on the doors.** 不要靠在車門上。

★ **We have to change trains.** 我們得換車。

★ **We took the wrong line.** 我們搭錯線了。

★ **Stay seated.** 坐在位子上。

還有更多好用的單字唷！ 🎧 Track 0728

- EasyCard 悠遊卡
- iPass 一卡通
- station 車站
- barrier 票閘
- station staff 站務員
- ticket machine 售票機
- add value machine 加值機
- information center 服務中心

出 門 在 外 篇 6

🎧 *Track 0729*

On the High Speed Rail
搭高鐵

▶ This is what you can do...

帶孩子搭高鐵或火車，由於乘車時間較長，孩子難免會 lose patience（失去耐心）。如果孩子能在車上睡個覺打 個盹兒，最是皆大歡喜；但為防事與願違，最好事先準備 一些紙、筆或方便攜帶的玩具、故事書等物品，讓孩子可 以 kill time（打發時間）。

帶孩子搭高鐵

Can I board the train now?

Kid The train is coming. 🎧 Track 0730
車子來了。

Mom Right. Stand behind the yellow line. 🎧 Track 0731
對。站在黃線後面。

Kid It's moving so fast. 🎧 Track 0732
車開得好快喔。

Mom Yes, it is. 🎧 Track 0733
對啊。

Kid Can I board the train now? 🎧 Track 0734
我現在可以上車了嗎？

Mom Let people off the train first. 🎧 Track 0735
先讓別人下車。

★ 每天聽與說，習慣成自然 🎧 Track 0736

★ **Stand behind the yellow line.** 站在黃線後面。

★ **Can I board the train now?** 我現在可以上車了嗎？

★ **Let people off the train first.** 先讓別人下車。

★ **Let's find out seats.** 我們來找座位。

孩子在車上無聊得發慌……

> Get your book out and read it.

Kid **Are we there yet?** 🎧 *Track 0737*
我們到了嗎?

Dad No, not even close. 🎧 *Track 0738*
還沒,還早得很呢。

Kid **I'm bored.** 🎧 *Track 0739*
我好無聊。

Dad You can take a nap. 🎧 *Track 0740*
你可以睡一下。

Kid **I'm not sleepy.** 🎧 *Track 0741*
我不想睡覺。

Dad Get your book out and read it. 🎧 *Track 0742*
把你的書拿出來看啊。

Kid OK. 🎧 *Track 0743*
好吧。

⭐◀ 英語順口溜 🎧 *Track 0744*

★ **Not even close.** 還早呢。

★ **You can take a nap.** 你可以睡一下。

★ **I'm not sleepy.** 我不睏啊。

★ **Keep your voice down.** 小聲一點。

★ **We're getting off at the next stop.**
我們下一站下車。

★ **The toilet is vacant now.** 洗手間現在沒人。

★ **The toilet is occupied.** 洗手間現在有人。

★ **Pull down the shade.** 把遮簾拉下來。

還有更多好用的單字唷！ 🎧 *Track 0745*

- lavatory 廁所
- vacant 空的
- occupied 使用中的
- shade 遮簾
- catering service 餐飲服務
- meal 餐點
- coffee 咖啡
- soft drink 汽水

Looking for the Toilet
臨時找廁所

▶ **This is what you can do...**

遇到小孩臨時想尿尿，卻找不到廁所，總不能讓孩子直接
pee in the street（尿在馬路上）吧！如果真的借不到廁所，
情急之下也只好找個隱秘的地方，不管是 by the tree（在
樹邊）還是 behind the hedge（在籬笆後），讓孩子先解
決燃眉之急了！

小孩臨時想尿尿

I need to pee.

Kid: Mom.
　　媽媽。

🎧 *Track 0747*

Mom: Yes?
　　什麼事？

🎧 *Track 0748*

Kid: I need to pee.
　　我想尿尿。

🎧 *Track 0749*

Mom: Now?
　　現在？

🎧 *Track 0750*

Kid: Yes.
　　對。

🎧 *Track 0751*

Mom: Can you hold it?
　　可以忍一下嗎？

🎧 *Track 0752*

Kid: I don't think so.
　　我覺得不行。

🎧 *Track 0753*

● ●

★ 每天聽與說，習慣成自然

🎧 *Track 0754*

★ **I need to pee.** 我想尿尿。

★ **Now?** 現在？

★ **Can you hold it?** 你能忍住嗎？

★ **I don't think so.** 我覺得不行。

真的找不到廁所的話，也只好……

Why didn't you go before we left?

Mom Why didn't you go before we left?
我們離開前你怎麼不去上廁所呢？

🎧 *Track 0755*

Kid I didn't feel like going.
我那時不想上啊。

🎧 *Track 0756*

Mom We need to find a loo.
我們得找個廁所。

🎧 *Track 0757*

Kid I can't hold it anymore.
我已經忍不住了啦。

🎧 *Track 0758*

Mom Oh, my! Just wee in the bushes.
噢，老天！就尿在樹叢裡吧。

🎧 *Track 0759*

Kid Really? 🎧 *Track 0760*
真的嗎？

Mom You have no choice. 🎧 *Track 0761*
你沒得選擇了。

● ●

⚑★ 英語順口溜 🎧 *Track 0762*

★ **I need to wee.** 我需要尿尿。

★ **I need to go to the bathroom.** 我得上廁所。

★ **Try to hold it.** 試著忍一下。

★ **I can't hold it anymore.** 我再也忍不住了。

★ **Just wee in the bushes.** 就在樹叢裡尿吧。

★ **We need to find a loo.** 我們得找個廁所。

★ **There are no public toilets nearby.**
這附近沒有公共廁所。

★ **It's too late.** 來不及了。

還有更多好用的單字唷！ 🎧 *Track 0763*

- **toilet** 廁所
- **loo** 廁所
- **potty** （兒語）洗手間
- **pee** 尿尿
- **wee** （兒語）尿尿
- **public toilet** 公共廁所
- **toilet paper** 衛生紙
- **toilet seat** 馬桶座

Asking to Buy Things
吵著買東西

▶ **This is what you can do...**

孩子吵著想買東西時，爸爸媽媽得視情況 say no（拒絕）。
但是千萬記得當你決定拒絕孩子買東西的要求時，要堅持
No means no!（不行就是不行）。如果無法堅持原則，心
軟答應了，下次想再說 No!（不行！）可能就沒那麼容易
了。

小孩想買東西

It's a cool toy train.

Kid Mommy, I like this toy train.   🎧 *Track 0765*

媽媽，我喜歡這個玩具火車。

Mom It's a cool toy train.   🎧 *Track 0766*

這是個很酷的玩具火車。

Kid Can I take it home?   🎧 *Track 0767*

我可以把它帶回家嗎？

Mom We're not buying it.   🎧 *Track 0768*

我們不買噢。

Kid Please?   🎧 *Track 0769*

拜託？

Mom Nope.   🎧 *Track 0770*

不。

• •

🚩 每天聽與說，習慣成自然   🎧 *Track 0771*

★ **Can I take it home?** 我可以把它帶回家嗎？

★ **Can we buy it?** 我們可以買嗎？

★ **We're not buying it.** 我們不買噢。

★ **Not today.** 今天不買。

I really want to have this.

Kid I really want to have this.
🎧 Track 0772

我真的很想要這個。

Mom You've got plenty of these.
🎧 Track 0773

這些東西你已經有很多了。

Kid This one is different.
🎧 Track 0774

這個不一樣。

Mom Well, if you really like it ...
🎧 Track 0775

好吧，如果你真的喜歡……

Kid And?
🎧 Track 0776

然後呢？

Mom You can wait until your birthday. 🎧 *Track 0777*

你可以等到你生日。

Kid Oh! Mom! 🎧 *Track 0778*

噢！媽！

⭐ 英語順口溜 🎧 *Track 0779*

★ **You've got plenty.** 你已經有很多了。

★ **No means no.** 不行就是不行。

★ **It's over the budget.** 這個東西超出預算了。

★ **It's too pricy.** 這太貴了。

★ **Use your pocket money.** 用你自己的零用錢。

★ **You can wait until your birthday.**
你可以等到你生日。

★ **Don't argue with me.** 別跟我吵。

還有更多好用的單字唷！ 🎧 *Track 0780*

- doctor playset 醫生玩具組
- doll house 娃娃屋
- fidget spinner 指尖陀螺
- toy robot 玩具機器人
- toy car track set 玩具車軌道組
- pretend makeup set 模擬化妝組
- play kitchen 玩具廚房
- pocket money 零用錢

7 *Safety*

生活安全篇

Height
小心高處

▶ **This is what you can do...**

遇到喜歡爬高爬低的孩子，爸爸媽媽的心臟真的得比較
大顆呀。往往孩子興奮地登高歡呼時，爸爸媽媽在下面
可是 in a blue funk（提心吊膽）啊！雖然對孩子不需要
overprotective（過度保護），不過如果危險指數太高，還
是適時的制止一下孩子吧。

孩子愛往高處爬

Hi, Daddy, look at me!

Kid Hi, Daddy, look at me!　🎧 *Track 0782*
嗨，爸爸，你看我！

Dad What are you doing up there?　🎧 *Track 0783*
你在上面幹嘛？

Kid Nothing.　🎧 *Track 0784*
沒有啊。

Dad Get down from there!　🎧 *Track 0785*
下來！

Kid OK.　🎧 *Track 0786*
好。

Dad Be careful!　🎧 *Track 0787*
小心點！

- -

🚩 每天聽與說，習慣成自然　🎧 *Track 0788*

★ **What are you doing up there?** 你在上面幹嘛？

★ **Get down from there.** 下來。

★ **How did you get up there?** 你是怎麼上去的？

★ **Get down immediately.** 立刻下來！

Kid **Mom, the view is better from here.** 🎧 *Track 0789*
媽媽，這裡風景比較好喔。

Mom **Get down from the wall.** 🎧 *Track 0790*
從牆上下來。

Kid **No. I want to sit here.** 🎧 *Track 0791*
不要。我想坐在這裡。

Mom **Get down.** 🎧 *Track 0792*
下來。

Kid **Oh, why?** 🎧 *Track 0793*
噢，為什麼？

Mom You may fall and break your neck. 🎧 *Track 0794*

你可能會跌下來，摔斷脖子。

● ●

🚩 英語順口溜　　　　　　　　　　　　　🎧 *Track 0795*

★ **Get down.** 下來。

★ **Get down from the wall.** 從牆上下來。

★ **You may fall.** 你可能會跌下來。

★ **You may break your neck.** 你可能會摔斷脖子。

★ **Don't go any higher.** 不要再爬更高了。

★ **How are you going to get down?** 你要怎麼下來？

★ **Watch out!** 小心！

★ **Mind your feet!** 注意你的腳。

還有更多好用的單字唷！ 🎧 *Track 0796*

- wall 牆壁
- railing 欄杆
- ladder 梯子
- branch 樹枝
- tree 樹
- windowsill 窗台
- handrail 欄杆，扶手
- balcony 陽台

Kitchen
小心廚房

▶ This is what you can do...

看爸爸媽媽總能在廚房裡變出美味好吃的食物，因此孩子會認為廚房是一個 magic place（神奇的地方）而充滿好奇。但是廚房裡又是 kitchen knife（菜刀）又是 stove（火爐）又一堆 kitchen appliances（廚房家電）的，如果要讓孩子進出，得特別注意孩子的安全，以免發生危險。

請小孩離開廚房

I am making corn soup.

Kid Mom, what are you doing? 🎧 *Track 0798*
媽媽，你在幹嘛？

Mom I am making corn soup. 🎧 *Track 0799*
我在煮玉米湯呀。

Kid Can I watch? 🎧 *Track 0800*
我可以看嗎？

Mom Look out! It's boiling up. 🎧 *Track 0801*
小心！湯在滾了。

Kid I'll be careful. 🎧 *Track 0802*
我會小心的。

Mom No. You'd better not 🎧 *Track 0803*
stay in the kitchen.
不行。你最好不要待在廚房裡。

• •

⭐ 每天聽與說，習慣成自然 🎧 *Track 0804*

★ **Look out!** 小心！

★ **The soup is boiling up.** 湯在滾了。

★ **I'll be careful.** 我會小心的。

★ **You'd better not stay here.**
你最好不要待在這裡。

不讓孩子靠近使用中的火爐

Mommy, is that a fish that you're cutting?

Kid Mommy, is that a fish that you're cutting?
媽媽，你現在正在切的是一條魚嗎？

🎧 Track 0805

Mom Yes. Please don't get any closer.
對。不要再靠過來了。

🎧 Track 0806

Kid OK. What's that in the pan?
好。鍋子裡是什麼？

🎧 Track 0807

Mom Chicken. Please stay 🎧 Track 0808
away from the stove.
雞肉。請離火爐遠一點。

Kid I'm not touching it. 🎧 Track 0809
我又沒有摸。

Mom I know. But it's still 🎧 Track 0810
dangerous.
我知道。不過還是很危險啊。

⭐ 英語順口溜 🎧 Track 0811

★ **Don't get any closer.** 不要再靠過來了。

★ **Stay away from the stove.** 離火爐遠一點。

★ **The pan is hot.** 鍋子很熱。

★ **Don't touch anything.** 不要摸任何東西。

★ **Don't touch it.** 不要摸！

★ **Please leave the kitchen.** 請離開廚房。

★ **It's dangerous.** 這很危險哪！

★ **You might get burnt.** 你可能會被燙到呀！

還有更多好用的單字唷！ 🎧 Track 0812

- stove 火爐
- boiled water 滾水
- hot soup 熱湯
- hot water 熱水
- oven 烤箱
- pan 平底鍋
- electric boiler 電熱水瓶
- coffee maker 咖啡機

Electronic Appliances
小心電器

▶ **This is what you can do...**

避免孩子不小心碰到電器插頭或插座，除了平時注意孩子動態，並三不五時耳提面命之外，最好去買 plug protector（插座防護套）來安裝在插座上，可以預防孩子因為忍不住好奇而觸摸的危險。

提醒孩子不碰電插頭

I'm trying to plug in the fan.

Mom Baby, what are you doing over there? 🎧 Track 0814
寶貝,你在那邊做什麼?

Kid I'm trying to plug in the fan. 🎧 Track 0815
我在試著幫電風扇插插頭。

Mom Oh, no! Please stop. 🎧 Track 0816
噢,不!請停下來。

Kid Why? 🎧 Track 0817
為什麼?

Mom You shouldn't touch the plug. 🎧 Track 0818
你不應該碰插頭的。

Kid But I want to turn on the fan. 🎧 Track 0819
不過我想要開電風扇。

Mom Leave it to me. 🎧 Track 0820
我來弄就好。

★ 每天聽與說,習慣成自然 🎧 Track 0821

★ **Please stop.** 請停下來。

★ **Don't touch the plug.** 不要碰插頭。

★ **Leave it to me.** 我來弄就好。

★ **Don't touch the socket.** 不要碰插座。

不讓孩子在危險電器四周遊戲

Children, Mommy is ironing.

Mom Children, Mommy is ironing.   🎧 *Track 0822*
孩子們，媽媽在燙衣服噢。

Kid OK.   🎧 *Track 0823*
好。

Mom I mean, when I am using the iron, it's dangerous for you to play around.   🎧 *Track 0824*
我的意思是，當我在使用熨斗時，你們在旁邊玩是很危險的。

Kid We won't touch the iron.   🎧 *Track 0825*
我們不會碰熨斗啊。

Mom It's still dangerous. There's the cord, and the iron is super hot.   🎧 *Track 0826*
還是很危險啊。有電線，還有超燙的熨斗。

Kid OK. We'll go play somewhere else.　　　🎧 Track 0827
好吧。我們去別的地方玩。

Mom Good boys.　　　🎧 Track 0828
乖。

★ 英語順口溜　　　🎧 Track 0829

★ **Go play somewhere else.** 到別的地方去玩。

★ **Don't play with the cord.** 不要玩電線。

★ **It's dangerous to play around here.**
在這裡玩很危險喔。

★ **Hands off the heater.** 不要摸暖爐。

★ **Don't touch the iron.** 不要碰熨斗。

★ **Be careful when you use it.** 使用時要小心。

★ **No touching.** 不要碰。

★ **Don't put your finger in a fan.**
不要把手指頭放到電風扇裡。

還有更多好用的單字唷！　　　🎧 Track 0830

- fan 電扇
- microwave 微波爐
- plug 插頭
- socket 插座
- hair dryer 吹風機
- heater 暖爐
- iron 熨斗
- lamp 電燈

Dangerous Items

小心危險物品

▶ **This is what you can do...**

一般住家裡都會有很多 dangerous items（危險物品），是必須 keep out of the reach of children（放在小孩拿不到的地方），像是打火機、剪刀、繩索等等。這些東西一定要收好，如果小孩無意間拿到了，也要趁機告訴他們這些東西的危險性。

不讓孩子玩危險物品

> Never play with a lighter.

Mom What's in your hand? 　 🎧 *Track 0832*
你手上拿什麼？

Kid A lighter. 　 🎧 *Track 0833*
一個打火機。

Mom Put that down! 　 🎧 *Track 0834*
把那放下！

Kid Why? 　 🎧 *Track 0835*
為什麼？

Mom Never play with a lighter. 　 🎧 *Track 0836*
絕對不要玩打火機。

Kid I won't burn myself. 　 🎧 *Track 0837*
我不會燒到我自己。

Mom But you could burn down the house. 　 🎧 *Track 0838*
但你可能會燒掉房子。

⋯⋯⋯⋯⋯⋯⋯⋯⋯⋯⋯⋯⋯⋯⋯⋯⋯⋯⋯⋯⋯⋯⋯⋯⋯⋯⋯⋯⋯⋯

★ 每天聽與說，習慣成自然 　 🎧 *Track 0839*

★ **Put that down.** 把那個東西放下。

★ **It's a dangerous item.** 那是危險物品。

★ **You could burn yourself.** 你可能會燒到自己。

★ **You could cut yourself.** 你可能會割到自己。

I'm just trying to tie a knot.

Don't play with it. I'm serious.

Mom Baby, what are you doing? 🎧 *Track 0840*
寶貝，你在做什麼？

Kid Nothing. 🎧 *Track 0841*
沒有啊。

Mom What are you doing with the curtain rope? 🎧 *Track 0842*
你拿窗簾拉繩做什麼？

Kid Nothing much. 🎧 *Track 0843*
沒什麼啦。

Mom It's not something to play with. 🎧 *Track 0844*
那不是可以玩的東西。

Kid I'm just trying to tie a ∩ *Track 0845*
knot.

我只是想打個結。

Mom Don't play with it. I'm ∩ *Track 0846*
serious.

不要玩那個東西。我是説真的。

⭐ 英語順口溜   ∩ *Track 0847*

★ **Don't play with it.** 不要玩那個。

★ **Don't touch the kitchen knife.** 不要碰菜刀。

★ **Don't touch the needle.** 不要碰針。

★ **Be careful with the box cutter.** 小心美工刀。

★ **Don't put that in your mouth.**
不要把它放在嘴裡。

★ **Give that lighter to me.** 把打火機給我。

★ **Don't play with the match.** 不要玩火柴。

★ **You heard me.** 聽到了沒。

還有更多好用的單字唷！ ∩ *Track 0848*

• **curtain rope** 窗簾拉繩   • **lighter** 打火機
• **scissors** 剪刀   • **match** 火柴
• **needle** 針   • **blade** 刀片
• **box cutter** 美工刀   • **nail clippers** 指甲刀

生活安全篇 5

Portal Safety
不亂開門

▶ This is what you can do...

教孩子門戶安全時，可以先跟他們說 The Big Bad Wolf and the Seven Little Goats（大野狼與七隻小羊）的故事，然後用問題引導他們注意門戶安全的觀念。最後可以跟孩子說，如果有陌生人硬要逼他開門，就直接打 110 call the police（報警）。

有人按門鈴……

I'll get the door.

(The doorbell rang.) 門鈴響了。

Kid I'll get the door.　　🎧 *Track 0850*
我去開門。

Mom Wait!　　🎧 *Track 0851*
等等。

Kid Wait for what?　　🎧 *Track 0852*
等什麼？

Mom Ask who it is first.　　🎧 *Track 0853*
先問是誰。

Kid It must be Daddy.　　🎧 *Track 0854*
一定是爸爸呀。

Mom We need to make sure.　　🎧 *Track 0855*
我們得確定啊。

Kid OK. Who is it?　　🎧 *Track 0856*
好吧。是誰？

★ 每天聽與說，習慣成自然　　🎧 *Track 0857*

★ **Ask who it is first.** 先問是誰。

★ **Who is it?** 誰？

★ **We need to make sure.** 我們得確定才行。

★ **Don't open the door without asking.**
不能沒問就開門。

不自己幫陌生人開門

(The doorbell rang) 門鈴響了。

Kid Who is it, please? 🎧 *Track 0858*
請問是誰？

Man Delivery man. 🎧 *Track 0859*
快遞。

Kid Wait a moment, please. 🎧 *Track 0860*
請稍等。

Man Could you open the door 🎧 *Track 0861*
for me?
可以幫我開個門嗎？

Kid My dad is on his way here. 🎧 *Track 0862*

我爸過來了。

Man Alright. 🎧 *Track 0863*

好吧。

● ●

★ 英語順口溜 🎧 *Track 0864*

★ **Who is it, please?** 請問是誰？

★ **Wait a moment, please.** 請等一下。

★ **I can't open the door for you.** 我不能幫你開門。

★ **My dad is on his way here.** 我爸爸過來了。

★ **I'll go get my parents.** 我去叫我爸媽來。

★ **Don't answer the door by yourself.**
不要自己去應門。

★ **Don't let strangers in.** 不要讓陌生人進來。

★ **I am calling the police.** 我要報警了。

還有更多好用的單字唷！ 🎧 *Track 0865*

- door phone 門口對講機
- peephole 窺視孔
- iron-gate 鐵門
- front door（房子的）正門
- door bell 門鈴
- bad guy 壞人
- delivery man 送貨員
- mail carrier 郵差

Strangers
小心陌生人

▶ This is what you can do...

即使住在治安良好的地區，仍然必須灌輸孩子提防陌生人的觀念，讓孩子對 stranger danger（陌生人危險）提高警覺。同時也要教孩子如何分辨陌生人。雖然都是陌生人，但是 police officer（警察）或是百貨公司裡有掛名牌的服務人員，則是他們在遇到危險時，可以提供幫助的陌生人。

提防陌生人

Mom What if a stranger gives you candy?
🎧 Track 0867
如果有陌生人要給你糖果，怎麼辦？

Kid Don't take it.
🎧 Track 0868
不要拿。

Mom What if a stranger asks where you live? 🎧 *Track 0869*
如果有陌生人問你住在哪裡，
怎麼辦？

Kid Don't tell him. 🎧 *Track 0870*
不要告訴他。

Mom What if a stranger wants to show you something fun? 🎧 *Track 0871*
如果有陌生人想要給你看好玩的
東西，怎麼辦？

Kid Walk away. 🎧 *Track 0872*
走開。

Mom Good. Never trust a stranger. 🎧 *Track 0873*
很好。絕對不要相信陌生人。

★ 每天聽與說，習慣成自然 🎧 *Track 0874*

★ **Don't take strangers' candy.**
不要拿陌生人的糖果。

★ **Don't tell strangers where you live.**
不要告訴陌生人你住哪裡。

★ **Walk away.** 走開。

★ **Never trust a stranger.** 絕對不要相信陌生人。

教孩子如何自保

Mom What if a stranger tries to touch you? 🎧 *Track 0875*
如果有陌生人想要摸你，怎麼辦？

Kid Umm..., I don't know. 🎧 *Track 0876*
嗯……，我不知道耶。

Mom You shout. 🎧 *Track 0877*
你就大叫。

Kid Very loud? 🎧 *Track 0878*
很大聲嗎？

Mom Very loud. 🎧 *Track 0879*
非常大聲。

Kid What do I shout?
🎧 *Track 0880*
我要叫什麼？

Mom Help! This is not my Daddy!
🎧 *Track 0881*
救命！這個人不是我爸爸！

★ 英語順口溜
🎧 *Track 0882*

★ **Don't let a stranger touch you.**
不要讓陌生人碰你。

★ **Shout out loud.** 大聲喊叫。

★ **Stay away from him.** 離他遠一點。

★ **Turn around and leave.** 轉身離開。

★ **Help!** 救命啊！

★ **This is not my daddy.** 這個人不是我爸爸。

★ **This is not my mommy.** 這個人不是我媽媽。

★ **I don't know this person.** 我不認識這個人。

還有更多好用的單字唷！ 🎧 *Track 0883*

- shout 大叫
- yell 大喊
- cry 大哭
- scream 尖叫
- run 跑
- police 警察
- police station 警察局
- stranger 陌生人

8 *Incidents*
狀況篇

狀 況 篇 1

🎧 Track 0884

Bad Dreams
做惡夢

▶ This is what you can do...

會讓孩子半夜哭醒的惡夢,常常是讓爸媽意想不到的夢境,例如愛吃的蛋糕被吃光了、媽媽不給吃巧克力球等等。雖然啼笑皆非,也只能忍住笑意安撫孩子:It was not real. (這不是真的。)讓孩子趕緊恢復平靜,倒頭繼續睡。

孩子做惡夢了

I had a scary dream.

236

Kid (scream) Mommy! 　　　　🎧 *Track 0885*
（尖叫）媽媽！

Mom Mommy's here. What's 　🎧 *Track 0886*
wrong?
媽媽在這裡。怎麼了？

Kid I had a scary dream. 　🎧 *Track 0887*
我做了一個可怕的夢。

Mom What did you dream of? 🎧 *Track 0888*
你夢到什麼了？

Kid There was a huge 　　🎧 *Track 0889*
monster.
有一隻大怪物。

Mom It wasn't real. 　　　　🎧 *Track 0890*
那不是真的。

Kid It felt like it was real. 🎧 *Track 0891*
感覺很像真的。

- -

🚩 每天聽與說，習慣成自然 　　　🎧 *Track 0892*

★ **I had a scary dream.** 我做了一個可怕的夢。

★ **Mommy's here.** 媽媽在這裡。

★ **What did you dream of?** 你夢到什麼了？

★ **It wasn't real.** 那不是真的。

讓孩子安心睡覺

Kid **I'm still scared.**
我還是很害怕。

🎧 *Track 0893*

Mom **Don't be. Mommy's here.**
不害怕。媽媽在這裡呀。

🎧 *Track 0894*

Kid **Will you stay with me?**
你會陪著我嗎？

🎧 *Track 0895*

Mom **Sure.**
當然。

🎧 *Track 0896*

Kid Thank you, Mommy. 🎧 *Track 0897*
謝謝你，媽媽。

Mom Now go back to sleep. 🎧 *Track 0898*
現在繼續睡覺吧。

● ●

⭐ 英語順口溜

★ **I'm still scared.** 我還是很害怕。 🎧 *Track 0899*

★ **Don't be scared.** 不用害怕。

★ **Could you stay with me?** 可以陪著我嗎？

★ **I'll be here with you.** 我會在這裡陪著你。

★ **It was just a dream.** 那只是個夢而已。

★ **I will protect you.** 我會保護你的。

★ **I will kick the monster out.** 我會把怪物趕走。

★ **Now go back to sleep.** 現在繼續睡覺吧。

還有更多好用的單字唷！ 🎧 *Track 0900*

- **monster** 怪物
- **ghost** 鬼
- **vampire** 吸血鬼
- **chase** 追趕
- **awful** 可怕的
- **terrifying** 恐怖的
- **bad dream** 惡夢
- **nightmare** 惡夢

Wetting the Bed

尿床了

▶ This is what you can do...

在訓練孩子 get out of nighttime nappies（擺脫睡覺時間的尿布）的過程中，難免會需要幫孩子多洗幾次床單。提醒孩子 no water before sleep（睡覺前不喝水）、go to the toilet before sleep（睡覺前上廁所）等，很快就會熬過這段過渡期了。

孩子尿床了

I wet the bed.

Kid Mommy... 　　　　　　　　🎧 *Track 0902*
媽咪⋯⋯

Mom Yes? 　　　　　　　　🎧 *Track 0903*
什麼事？

Kid I wet the bed. 　　　　🎧 *Track 0904*
我尿床了。

Mom Oops. 　　　　　　　　🎧 *Track 0905*
噢喔。

Kid Are you mad? 　　　　🎧 *Track 0906*
你生氣嗎？

Mom No, I'm not mad, 　🎧 *Track 0907*
Sweetheart. But we've
got some more laundry
to do today.
不，我不生氣，寶貝。不過我們
今天有更多東西得洗了。

Kid Sorry, Mommy. 　　　🎧 *Track 0908*
對不起，媽媽。

● ●

★ 每天聽與說，習慣成自然 　🎧 *Track 0909*

★ I wet the bed. 我尿床了。

★ The bed is all wet. 床濕掉了。

★ Don't worry about it. 別擔心。

★ I'm not mad. 我沒有生氣。

241

I'm very proud of you.

Kid Mommy, guess what? 🎧 *Track 0910*
媽媽，你猜猜什麼事？

Mom Your bed got flooded again? 🎧 *Track 0911*
你的床又淹水了？

Kid Wrong guess. 🎧 *Track 0912*
猜錯囉。

Mom Wow! You made it! 🎧 *Track 0913*
哇！你成功了！

Kid I remembered to go to the toilet before bed 🎧 *Track 0914*

last night.
我昨晚上床前有記得去上廁所。

Mom **I'm very proud of you.** 🎧 Track 0915
我對你感到非常驕傲。

⸺⸺⸺⸺⸺⸺⸺⸺⸺⸺⸺⸺⸺⸺⸺

🚩 英語順口溜 🎧 Track 0916

★ **Big kids don't need nappies at nighttime.**
大孩子晚上睡覺不需要尿布的。

★ **Go to the toilet before bed.**
睡前去上廁所。

★ **No water before bed.** 睡前不喝水。

★ **It's okay.** 沒關係。

★ **You can sleep without nappies.**
你可以睡覺不穿尿布。

★ **You can do it.** 你辦得到的。

★ **Let's try again tonight.** 我們今晚再試一次。

★ **Bye, bye nappies.** 尿布掰掰。

還有更多好用的單字唷！ 🎧 Track 0917

- **diapers** 尿布
- **nappies** 尿布（兒語）
- **pee** 尿尿
- **wet the bed** 尿床
- **blanket** 棉被
- **bed sheet** 床單
- **mattress** 床墊
- **wet** 濕的

🎧 *Track 0918*

Fighting with Playmates

與玩伴起爭執

▶ This is what you can do…

孩子與玩伴一起玩時，常會為了玩具起爭執。想一個幫孩子解決問題的方法，例如讓孩子各玩一個玩具，並拿出 kitchen timer（廚房用計時器），計時三分鐘，當計時器響時，孩子就知道 It's time to switch.（該交換玩具玩了）。

孩子們爭玩具

Mommy, Alex took my toy.

Kid 1 Mommy, Alex took my toy. 🎧 *Track 0919*
媽媽，艾利克斯拿走我的玩具。

Kid 2 I just want to play with it. 🎧 *Track 0920*
我只是想要玩這個玩具。

Mom Did you ask Jaden first? 🎧 *Track 0921*
你有先問傑登嗎？

Kid 2 No. 🎧 *Track 0922*
沒有。

Mom Well, you should. You can't 🎧 *Track 0923*
take it without asking.
嗯，你應該要。
你不能沒有問就拿走。

Kid 2 OK. Jaden, can I play 🎧 *Track 0924*
with this?
好的。傑登，我可以玩這個嗎？

Kid 1 OK. Just five minutes. 🎧 *Track 0925*
好。只能玩五分鐘。

• •

★ 每天聽與說，習慣成自然 🎧 *Track 0926*

★ **Did you ask him first?** 你有先問他嗎？

★ **You should ask first.** 你應該要先問。

★ **You can't take it without asking.**
你不能沒問就拿。

★ **Can I play with this?** 我可以玩這個嗎？

245

孩子們打架或吵架

Mom, Hayden hit me.

Kid 1 Mom, Hayden hit me. 🎧 *Track 0927*
媽媽，海登打我。

Mom Hayden, why did you hit 🎧 *Track 0928*
Julie?
海登，你為什麼打茱莉？

Kid 2 She hit me, too. 🎧 *Track 0929*
她也有打我。

Kid 1 You started it. 🎧 *Track 0930*
你先開始的。

Kid 2 No. You started it. 🎧 *Track 0931*
不，是你先開始的。

Mom Stop fighting, both of you. No hitting or no playing. 🎧 *Track 0932*

兩個人都不要再吵了。不能打人，不然就不要玩了。

Kids Yes, Mommy. 🎧 *Track 0933*

是的，媽媽。

★ 英語順口溜 🎧 *Track 0934*

★ **Tell me what happened.** 告訴我發生什麼事。

★ **Why did you hit her?** 你為什麼打她？

★ **Did you hit her?** 你有打她嗎？

★ **She hit me too.** 她也有打我。

★ **Who started it?** 誰先動手的？

★ **He started it.** 他先的。

★ **Stop fighting.** 不要再吵了。

★ **No hitting or no playing.** 不能打人，不然就不要玩。

還有更多好用的單字唷！ 🎧 *Track 0935*

- hit 打
- tease 嘲笑
- yell 喊叫
- annoy 惹惱
- angry 生氣的
- mad 惱火的
- argue 爭執
- fight 打架

Getting Lost

跟爸媽走散了

▶ This is what you can do...

教小孩怎麼分辨 dangerous stranger（危險的陌生人）和 safe adult（安全可信任的大人）是很重要的。當跟爸爸媽媽走散時，冷靜地找一個 safe adult 協助他們找到爸爸媽媽。平常就教他們記住自己的名字、爸媽的名字，還有爸媽的手機號碼，以備不時之需。

教小孩跟爸媽走散時尋求幫忙

> Can I help you?

> Excuse me.

Kid Excuse me.

Track 0937

不好意思。

Customer service

Can I help you?

Track 0938

有什麼需要幫忙的嗎？

Kid I'm lost.

Track 0939

我走丟了。

Customer service

Can you tell me your Daddy's name?

Track 0940

你知道你爸爸的名字嗎？

Kid Jerry Lin.

Track 0941

林傑瑞。

Customer service

I'll help you find your Daddy.

Track 0942

我來幫你找你爸爸。

Kid Thank you.

Track 0943

謝謝。

★ 每天聽與說，習慣成自然

Track 0944

★ **I'm lost.** 我走丟了。

★ **I can't find my parents.** 我找不到我爸爸媽媽。

★ **My father's name is_____.** 我爸爸的名字是____。

★ **His number is 0912345678.**
他的電話是 0912345678。

教孩子記住爸媽的名字和聯絡方式

Catherine Chou.

Do you know Mommy's name?

Mom Tell me your name.
告訴我你的名字。

🎧 Track 0945

Kid Jerry Chen.
傑瑞陳。

🎧 Track 0946

Mom Do you know Mommy's name?
你知道媽媽的名字嗎？

🎧 Track 0947

Kid Catherine Chou.
凱瑟琳周。

🎧 Track 0948

Mom Good. Do you know Mommy's phone number?
很好。你知道媽媽的電話號碼嗎？

🎧 Track 0949

Kid **0912345678?**
Track 0950

0912345678 嗎？

Mom Yes, that's it. Always
remember it.
Track 0951

對，沒錯。要記住噢。

⭐ 英語順口溜

★ **Don't panic.** 不要慌張。
Track 0952

★ **Stay calm.** 保持冷靜。

★ **Stay where you are.** 待在原地。

★ **Go to where we pay.** 走到我們付錢的地方。

★ **Try to find a police officer.** 試著找到一個警察。

★ **Find a convenience store.** 找一間超商。

★ **Tell the staff that you're lost.**
告訴工作人員你走丟了。

★ **Ask them to help you find your parents.**
請他們幫你找到爸爸媽媽。

還有更多好用的單字唷！ Track 0953

- service center 服務台
- police station 警察局
- convenience store 超商
- restaurant 餐廳
- bookstore 書店
- staff 工作人員
- police officer 警察
- clerk 店員

🎧 Track 0954

Not Feeling Well

身體不舒服

▶ This is what you can do...

孩子身體微恙時，爸爸媽媽可以視孩子身體狀況決定是否就醫。如果只是 mild cough（輕微咳嗽）、sneeze（打噴嚏），不妨試著以 home therapy（居家療法）減輕症狀，幫助身體自然復原。但如果症狀持續沒改善，或是有 fever（發燒）、diarrhea and vomiting（上吐下瀉）等較棘手的症狀，還是帶孩子讓醫生檢查一下才好。

孩子表示身體不舒服

Mommy, I'm not feeling well.

Kid Mommy, I'm not feeling well. ○ Track 0955
媽媽，我不舒服。

Mom What's wrong? ○ Track 0956
怎麼了？

Kid I have diarrhea. ○ Track 0957
我拉肚子。

Mom Do you feel like throwing up, too? ○ Track 0958
你也會想吐嗎？

Kid Kind of. ○ Track 0959
有一點。

Mom I think you should see a doctor. ○ Track 0960
我想你應該要去看醫生。

⋯⋯⋯⋯⋯⋯⋯⋯⋯⋯⋯⋯⋯⋯⋯⋯⋯

★ 每天聽與說，習慣成自然 ○ Track 0961

★ **I'm not feeling well.** 我不舒服。

★ **I feel sick.** 我覺得想吐。

★ **I feel like throwing up.** 我覺得想吐。

★ **You should see a doctor.** 你應該要看醫生。

> I think you should stay at home today.

> I think so, too.

Mom You don't look well. Are you okay? 🎧 *Track 0962*
你看起來好像不太舒服。
你還好嗎？

Kid I don't know. 🎧 *Track 0963*
我不知道。

Mom I think you should stay at home today. 🎧 *Track 0964*
我覺得你今天應該待在家裡。

Kid I think so, too. 🎧 *Track 0965*
我也這麼想。

Mom Drink more water and ∩ *Track 0966*
have a rest, and we'll
see if you should see a
doctor.

多喝水，然後休息一下。然後我
們再看看你是否應該看醫生。

· ·

★ 英語順口溜 ∩ *Track 0967*

★ **You have a bad cough.** 你咳得很厲害。

★ **You've been sneezing all day.** 你整天都在打噴嚏。

★ **You've got a cold.** 你感冒了。

★ **Drink more water.** 多喝水。

★ **Have a rest.** 休息一下。

★ **You don't look well.** 你看起來不太舒服。

★ **We'll see if you should see a doctor.**
我們再看看你是否應該看醫生。

★ **Does it hurt anywhere else?** 還有其他地方痛嗎？

還有更多好用的單字唷！ ∩ *Track 0968*

• tummy 肚子
• stomachache 肚子痛
• headache 頭痛
• runny nose 流鼻水

• sore throat 喉嚨痛
• toothache 牙痛
• nausea 噁心
• diarrhea 拉肚子

Discipline

訓誡孩子

▶ This is what you can do...

如果希望孩子養成動口不動手的習慣，大人首先要 lead by example（以身作則），儘量不要使用 physical punishment（體罰）的方式來糾正孩子錯誤的行為。溫和、嚴肅、堅持，會比打孩子的效果更好噢！

立即糾正孩子的不當行為

She took my toy.

That doesn't mean you can hit her.

Mom Hey! Stop it! Why did you do that? 🎧 *Track 0970*

嘿！住手！你為什麼要那樣做？

Kid She took my toy. 🎧 *Track 0971*

她拿走我的玩具。

Mom That doesn't mean you can hit her. 🎧 *Track 0972*

那不表示你可以打她。

Kid I want my toy. 🎧 *Track 0973*

我想要我的玩具。

Mom Use your words, not your hands. 🎧 *Track 0974*

動口不動手。

Kid OK. I'm sorry. 🎧 *Track 0975*

好啦。對不起。

Mom Don't do that again! 🎧 *Track 0976*

不要再那樣做了。

★ 每天聽與說，習慣成自然 🎧 *Track 0977*

★ **Stop it!** 停下來！

★ **Why did you do that?** 你為什麼要那樣做？

★ **Don't do that again!** 別再那麼做了！

★ **Use your words, not your hands.** 動口不動手。

糾正孩子不當的語言行為

Well, you know that was very rude, right?

Yes. Sorry.

Kid You ugly pig.
你這隻醜陋的豬。

🎧 Track 0978

Dad Hey, watch your tongue.
嘿，講話注意一點。

🎧 Track 0979

Kid Oh.
噢。

🎧 Track 0980

Dad Don't you talk like that again.
不准你在那樣講話。

🎧 Track 0981

Kid We say that all the time at school.
我們在學校總是說話。

🎧 Track 0982

258

Dad Well, you know that was very rude, right? 🎧 *Track 0983*
你知道那樣很沒禮貌，對吧？

Kid Yes. Sorry. 🎧 *Track 0984*
我知道。對不起。

⋯⋯⋯⋯⋯⋯⋯⋯⋯⋯⋯⋯⋯⋯⋯⋯⋯⋯⋯

⭐ 英語順口溜 🎧 *Track 0985*

★ **You're making me angry.** 你讓我很生氣。

★ **Last chance.** 再給你最後一次機會。

★ **Don't you talk like that!** 不准你那樣講話。

★ **That was very rude.** 那樣很沒禮貌。

★ **Watch your behavior.** 注意你的行為！

★ **Watch your language.** 說話注意一點。

★ **Behave yourself.** 規矩一點。

★ **You're embarrassing yourself.**
你讓你自己很丟臉。

還有更多好用的單字唷！ 🎧 *Track 0986*

- **apologize** 道歉
- **rude** 無禮的
- **impolite** 沒禮貌的
- **terrible** 極差的
- **bad word** 不好聽的字眼
- **behave** 守規矩
- **unhappy** 不高興的
- **angry** 生氣的

🎧 *Track 0987*

Praise
稱讚小孩

▶ This is what you can do...

要鼓勵孩子，與其只看結果，不如多著眼在孩子努力的過程，例如：You put so much effort in this.（你為這件事付出很多努力。）或是 I can see you've been trying very hard.（我可以看到你一直很努力嘗試。）這比只對孩子說 Well done!（做得好！）Good job!（做得好！）更能鼓勵孩子願意透過練習和努力，來成就一件事。

稱讚孩子的努力

I'm very proud of you.

Kid Mommy, look!
媽媽，你看！

🎧 Track 0988

Mom Wow! You zipped the jacket by yourself!
哇！你自己拉夾克拉鏈耶！

🎧 Track 0989

Kid Yes. I did it!
對啊！我辦到了！

🎧 Track 0990

Mom I'm very proud of you.
我對你感到很驕傲。

🎧 Track 0991

Kid It's not very hard, actually.
這其實不會很難啦。

🎧 Track 0992

Mom I can tell you've been practicing. Good job!
看得出來你一直在練習。
做得很好！

🎧 Track 0993

• •

★ 每天聽與說，習慣成自然

🎧 Track 0994

★ **Good job.** 做得好！

★ **You did it!** 你做到了！

★ **I'm very proud of you.** 我對你感到驕傲。

★ **I can tell you've been practicing.**
看得出來你有一直練習。

稱讚孩子的創作

Amazing work!

This is you, this is Daddy and this is me.

Kid Mommy, I drew a picture of our family.
媽媽，我畫了一張我們家的圖。

🎧 Track 0995

Mom You did? Let me see.
真的嗎？讓我看看。

🎧 Track 0996

Kid This is you, this is Daddy and this is me.
這是你，這是爸爸，然後這是我。

🎧 Track 0997

Mom Amazing work!
畫得好棒噢！

🎧 Track 0998

Kid Do you like it?
你喜歡嗎？

🎧 Track 0999

Mom Do I like it? I love it!
Well done!
我喜歡嗎？我愛死了！做得好！

🎧 Track 1000

⸻

🚩 英語順口溜

🎧 Track 1001

★ **Well done!** 做得好！

★ **Amazing work!** 做得很棒！

★ **You found a good way to do it.**
你找到做這件事的好方法。

★ **You should be proud of yourself.**
你應該為自己感到驕傲。

★ **You're such a good brother.** 你真是個好哥哥。

★ **That's very sweet of you.** 你真是太貼心了。

★ **You didn't give up trying.** 你沒有放棄嘗試。

★ **That's why you made it!** 那就是你為何成功的原因。

還有更多好用的單字唷！ 🎧 Track 1002

- **nice** 很好的
- **good** 很好的
- **great** 很棒的
- **amazing** 驚人的

- **brilliant** 出色的
- **excellent** 極佳的
- **wonderful** 極好的
- **gorgeous** 極好的

Punishment

處罰小孩

▶ This is what you can do...

很多爸爸媽媽在孩子出現不當行為時，會以 time-out（暫時停止所有活動）來作處理，一方面是讓孩子 calm down（冷靜下來）反省自己，一方面也是對孩子不當行為的一種處罰方式。雖然這種方式在幼教領域並不全然被接受，但是爸爸媽媽還是可以視孩子的情況，自己決定最好的處理方式。

給孩子適當的處罰

We didn't mean it.

Dad What did you just do?　🎧 Track 1004
你們幹了什麼好事？

Kids We broke the vase.　🎧 Track 1005
我們打破花瓶了。

Dad I told you not to play　🎧 Track 1006
baseball in the house.
我說過不要在屋子裡打棒球。

Kids We didn't mean it.　🎧 Track 1007
我們不是故意的。

Dad Go to your room.　🎧 Track 1008
回你們房間去。

Kids We're sorry.　🎧 Track 1009
對不起。

Dad No TV for both of you　🎧 Track 1010
tonight.
今晚你們兩個都不准看電視。

• •

★ 每天聽與說，習慣成自然　🎧 Track 1011

★ **What did you just do?** 你幹了什麼好事？

★ **I didn't mean it.** 我不是故意的。

★ **Go to your room.** 回你房間去。

★ **I'm sorry.** 對不起。

讓孩子知道自己做錯事了

You know you're in trouble, don't you?

Yes, I do.

Mom Gary, come here. 🎧 *Track 1012*
蓋瑞，你過來。

Kid Yes, Mom. 🎧 *Track 1013*
是的，媽媽。

Mom I'm very angry. 🎧 *Track 1014*
我非常生氣。

Kid I know. 🎧 *Track 1015*
我知道。

Mom You know you're in 🎧 *Track 1016*
trouble, don't you?
你知道你有麻煩了，對不對？

Kid Yes, I do.
對，我知道。

Track 1017

Mom Now go to your room and I will talk to you later.
現在到你房間去，
我等等有話跟你說。

Track 1018

★ 英語順口溜

Track 1019

★ **Do you have anything to say?**
你有什麼要說的嗎？

★ **Time out!** 時間到！

★ **No TV for you tonight.** 今晚不准看電視。

★ **That wasn't a nice thing to do, was it?**
那麼做是不對的，對不對？

★ **You know you shouldn't lie, don't you?**
你知道你不該說謊，對不對？

★ **You're in trouble.** 你麻煩大了。

★ **Be responsible for your own behavior.**
你必須為你自己的行為負責。

★ **I'm very disappointed.** 我很失望。

還有更多好用的單字唷！ *Track 1020*

• grounded 禁足
• TV 電視
• cartoon 卡通
• video games 電動
• computer games 電腦遊戲
• snacks 甜點
• ice cream 冰淇淋
• pocket money 零用錢

🎧 *Track 1021*

Behaviors

品德教育

▶ This is what you can do...

要給孩子良好的品德教育，只有言教是不夠的，因為 Action speaks louder than words.（做的比説的有用。）爸爸媽媽的身教，孩子都會看在眼裡，因此爸爸媽媽一定要 lead by example（以身作則），才能給孩子最深遠的影響。

教孩子公德心

Dad Jack, don't leave your trash here. 🎧 Track 1022
傑克，不要把你的垃圾丟在這兒。

Kid But there are no litterbins around. 🎧 Track 1023
但是這附近沒有垃圾桶。

Dad Bring it with you until you see one. 🎧 Track 1024
帶著它，直到看到垃圾桶再丟。

Kid Why? 🎧 Track 1025
為什麼呢？

Dad Because you don't want to ruin this beautiful park, do you? 🎧 Track 1026
因為你不想破壞這個美麗的公園啊，對不對呢？

Kid Yes, you're right. 🎧 Track 1027
對，你說得沒錯。

• •

🚩 每天聽與說，習慣成自然 🎧 Track 1028

★ **Love our environment.** 愛護我們的環境。

★ **Be kind.** 要心存善良。

★ **Love animals.** 愛護動物。

★ **Be caring.** 要有愛心。

糾正錯誤行為

Where did you get this?

From the store this morning.

Mom Where did you get this? 🎧 *Track 1029*
你這個在哪兒拿的？

Kid From the store this morning. 🎧 *Track 1030*
早上從店裡拿的啊。

Mom I don't remember buying this. 🎧 *Track 1031*
我不記得有買這個啊。

Kid I put it in my pocket. 🎧 *Track 1032*
我把它放在我口袋裡。

Mom Baby, that's stealing. 🎧 *Track 1033*
寶貝，這是偷竊的行為呀。

Kid Is it?　　　　　　　　🎧 Track 1034
是嗎？

Mom Yes, it is. This is wrong.　🎧 Track 1035
We need to take it back.
是，這就是。這是錯的。
我們得拿去還。

⭐ 英語順口溜　　　　　　　　🎧 Track 1036

★ **Never tell lies.** 不要說謊。

★ **Respect others.** 尊重別人。

★ **Say nice words.** 說好話。

★ **Do good things.** 做好事。

★ **Be sympathetic.** 要有同情心。

★ **Be friendly.** 對人友善。

★ **This is wrong.** 這是錯的。

★ **You need to go apologize.** 你必須要去道歉。

還有更多好用的單字唷！　🎧 Track 1037

- lie 說謊
- steal 偷竊
- bully 欺負；霸凌
- cheat 欺騙；作弊
- destroy 破壞
- break 弄壞
- on purpose 故意地
- by accident 不小心地

9

Holidays and Festivals

節慶活動篇

Birthday
慶生派對

▶ **This is what you can do...**

孩子生日時，呼朋引伴地辦場 birthday party（生日派對）相當歡樂熱鬧，但一家人簡單地吃個 birthday cake（生日蛋糕）慶祝，也很幸福溫馨。在這一天，給孩子一個大大的擁抱，告訴孩子 You are the best gift of my life.（你是我生命中最棒的禮物）讓孩子知道你有多愛他！

幫孩子辦驚喜派對

Wow! I'm so surprised!

Dad + Mom Surprise! 🎧 Track 1039
大驚喜！

Kid What? 🎧 Track 1040
什麼？

Mom Happy birthday, Baby! 🎧 Track 1041
生日快樂，寶貝！

Kid Is it my birthday today? 🎧 Track 1042
今天是我生日嗎？

Mom Yes. It's your birthday! 🎧 Track 1043
對啊。今天是你生日。

Dad This is your birthday 🎧 Track 1044
gift.
這是你的生日禮物。

Kid Wow! I'm so surprised! 🎧 Track 1045
哇！我真是太驚喜了！

- -

🚩 每天聽與說，習慣成自然 🎧 Track 1046

★ Surprise! 驚喜！

★ It's your birthday! 今天是你生日喔！

★ Happy birthday! 生日快樂！

★ I'm so surprised! 我太驚喜了！

今天的主角是小壽星！

Thank you everyone!

Dad Let's sing a birthday song.
我們來唱生日快樂歌吧。

🎧 Track 1047

Kid Thank you everyone!
謝謝大家！

🎧 Track 1048

Mom Make a wish.
許個願吧。

🎧 Track 1049

Kid OK.
好。

🎧 Track 1050

Dad Blow out the candles.
吹蠟燭吧。

🎧 Track 1051

Kid OK.
好。
Track 1052

Mom Let's eat the birthday cake!
我們來吃生日蛋糕囉！
Track 1053

★ 英語順口溜 *Track 1054*

★**This is your birthday cake.** 這是你的生日蛋糕。

★**Let's sing a birthday song.** 我們來唱生日歌。

★**Make a wish.** 許個願吧。

★**Blow out birthday candles.** 吹生日蠟燭吧。

★**Open your gifts.** 打開你的禮物吧。

★**Do you like it?** 你喜歡嗎？

★**This is for you.** 這是送給你的。

★**It's a birthday gift.** 這是個生日禮物。

還有更多好用的單字喔！ *Track 1055*

- birthday 生日
- birthday girl/boy 壽星
- birthday cake 生日蛋糕
- birthday candle 生日蠟燭
- birthday gift 生日禮物
- birthday wish 生日願望
- birthday party 生日派對
- birthday song 生日快樂歌

節慶活動篇 2

Chinese New Year
農曆新年

▶ This is what you can do...

Lunar New Year（農曆新年）對國人來説是一年之中最重要的節日。為了迎接農曆新年的到來，跟孩子們一起做 year-end clean up（年終大掃除），讓孩子自己打掃房間，並整理好自己的玩具。此外，也可以買些紅紙，帶孩子一起寫 spring couplets（春聯），貼在大門上，讓孩子更有參與感。

除夕夜

It's Chinese New Year's Eve.

It's a time for family reunions.

Kid So many dishes! 🎧 *Track 1057*
好多菜喔！

Mom Yeah. We're having a big feast tonight. 🎧 *Track 1058*
對啊。我們今晚要吃大餐喔。

Kid Why? 🎧 *Track 1059*
為什麼？

Mom It's Chinese New Year's Eve. 🎧 *Track 1060*
今天是除夕夜啊。

Kid It's a time for family reunions. 🎧 *Track 1061*
是家人團圓的日子。

Mom Exactly! 🎧 *Track 1062*
沒錯！

Kid I can't wait! I am hungry already! 🎧 *Track 1063*
我等不及了！我已經餓了！

● ●

🚩 每天聽與說，習慣成自然 🎧 *Track 1064*

★ **It's Chinese New Year's Eve.** 今天是除夕。

★ **It's a time for family reunions.** 這是家人團圓的日子。

★ **We will have a reunion dinner.**
我們將會吃團圓飯。

★ **You can stay up late today.** 你今天可以晚睡。

Kid Good morning, Mom. 🎧 Track 1065
早安，媽媽。

Mom Good morning. Happy 🎧 Track 1066
Chinese New Year!
早安。新年快樂！

Kid Happy Chinese New 🎧 Track 1067
Year! It's the Chinese
New Year's Day!
新年快樂！今天是大年初一耶。

Mom Here's a red envelope 🎧 Track 1068
for you.
這是給你的紅包。

Kid Thank you, Mom. 🎧 Track 1069
謝謝媽媽。

Mom Put on your new clothes. 🎧 Track 1070
We're paying Grandpa a
New Year's visit.
穿上你的新衣服。
我們要去給爺爺拜年了。

★ 英語順口溜　　　　　　　　　　🎧 *Track 1071*

★ **Happy Chinese New Year!** 新年快樂！

★ **It's the Chinese New Year's Day!**
今天是大年初一耶。

★ **Here's a red envelope for you.**
這是給你的紅包。

★ **Put on your new clothes.** 穿上你的新衣服。

★ **We're paying Grandpa a New Year's visit.**
我們要去爺爺家拜年。

★ **It's the year of the Rooster.** 今年是雞年。

★ **We only need to say good words.**
我們要說吉祥話。

★ **Don't spend all your New Year's money.**
別花光你的壓歲錢。

還有更多好用的單字唷！ 🎧 *Track 1072*

- Chinese New Year's Eve 除夕夜
- reunion dinner 團圓飯
- family reunion 家人團圓
- New Year's Day 大年初一
- pay a New Year's visit 拜年
- red envelope 紅包
- New Year's money 壓歲錢
- stay up all night 守歲

Dragon Boat Festival
端午節

▶ **This is what you can do...**

端午節這天，除了吃粽子之外，stand an egg on its end at
noon（正午立蛋）或是 make a fragrant sachet（製作香包）
都是很不錯的親子活動。告訴孩子立蛋成功的話，就表示
未來一年都有 good luck（好運）喔！

端午立蛋

Let's try standing an egg on its end.

Kid Is it 12:00 yet?

十二點了嗎？

🎧 Track 1074

Mom Almost.

快了。

🎧 Track 1075

Kid Let's try standing an egg on its end.

我們來試試看立蛋吧。

🎧 Track 1076

Mom OK! Let's do it.

好啊，我們來試試看。

🎧 Track 1077

Kid Look! I did it!

你看！我成功了！

🎧 Track 1078

Mom Amazing!

好厲害啊！

🎧 Track 1079

● ●

🚩 每天聽與說，習慣成自然

🎧 Track 1080

★ **It's Dragon Boat Festival!** 今天是端午節！

★ **Eat a rice dumpling!** 吃個粽子吧！

★ **My favorite food.** 我最愛的食物。

★ **Let's try standing an egg on its end.**
我們來試試看立蛋吧。

Rice dumplings for lunch.

My favorite food!

Mom Rice dumplings for lunch. 🎧 *Track 1081*
午餐吃粽子喔。

Kid My favorite food! 🎧 *Track 1082*
我最喜歡的食物！

Mom I know, but don't eat too much. 🎧 *Track 1083*
我知道，不過不要吃太多。

Kid Can I eat two? 🎧 *Track 1084*
我可以吃兩個嗎？

Mom OK. 🎧 *Track 1085*
好啊。

Kid Yum!
好吃！

🎧 Track 1086

⭐ 英語順口溜

🎧 Track 1087

★ **I made a fragrant sachet.** 我做了一個香包。

★ **Let's watch the Dragon Boat races.**
我們來看龍舟比賽。

★ **Rice dumplings for lunch!** 午餐吃粽子！

★ **Don't eat too much.** 別吃太多了。

★ **Which boat goes the fastest?**
哪一隻船跑得最快？

★ **I can't stand an egg up on it's end.**
我不會立蛋。

★ **It's too tricky.** 這太難了。

★ **I did it!** 我成功了！

還有更多好用的單字唷！ 🎧 Track 1088

- rice dumpling 粽子
- alkaline dumpling 鹼粽
- fragrant sachet 香包
- egg 蛋
- noon 正午
- Dragon Boat Festival 端午節
- Dragon Boat 龍舟
- Dragon Boat races 龍舟比賽

🎧 Track 1089

Mid-Autumn Festival
中秋節

▶ This is what you can do...

中秋節到了，不妨跟孩子說幾個與中秋有關的神話故事，如 Chang'e flies to the Moon（嫦娥奔月）、Wu Gang & the Tree（吳剛伐桂）以及玉兔搗藥等！這些美麗的神話故事，不僅為月亮增添不少神秘感，也能讓孩子在賞月之餘，對月亮充滿想像！

帶孩子一起賞月

The moon! It's so beautiful!

It is! Let's go outside and enjoy the moon.

Kid Mommy, look!
媽媽，你看！

Track 1090

Mom What?
什麼？

Track 1091

Kid The moon! It's so beautiful!
月亮啊！好美噢！

Track 1092

Mom It is! Let's go outside and enjoy the moon.
的確是！我們到外面去賞月吧。

Track 1093

Kid It's so bright.
好亮喔。

Track 1094

Mom Yes. It's the biggest full moon of the year.
對啊。這是一年中最大的滿月。

Track 1095

★ 每天聽與說，習慣成自然

Track 1096

★ Look at the moon! 看月亮！

★ It's so beautiful! 真是太美了！

★ Let's go outside and enjoy the moon!
我們去外面賞月吧！

★ The moon is so bright tonight.
今晚的月亮好亮啊！

It's barbecue time!

Dad It's barbecue time!   🎧 *Track 1097*
烤肉時間到囉！

Kid Hooray! Let's barbecue!   🎧 *Track 1098*
萬歲！我們來烤肉吧！

Dad Hungry?   🎧 *Track 1099*
餓了嗎？

Kid Yes. The barbecue smells so good.   🎧 *Track 1100*
對啊。烤肉聞起來好香噢。

Mom I'm going to peel this pomelo.   🎧 *Track 1101*
我來剝文旦。

Kid I want a pomelo hat.   🎧 *Track 1102*
我想要一個文旦帽。

 **Right away!** 🎧 *Track 1103*
馬上來！

★ 英語順口溜 🎧 *Track 1104*

★ **Let's barbecue!** 我們來烤肉吧！

★ **It's barbecue time!** 烤肉時間到囉！

★ **The barbecue smells so good.** 烤肉味道好香喔！

★ **Would you like some moon cake?**
要不要吃點月餅啊？

★ **Let's peel this pomelo.** 我們來剝這顆柚子吧。

★ **The pomelo is sweet and tasty.** 柚子又甜又好吃。

★ **Put on the pomelo hat!** 戴上柚子帽吧！

★ **It's time for sparkle sticks!** 放仙女棒時間到囉！

還有更多好用的單字唷！ 🎧 *Track 1105*

- Mid-Autumn Festival 中秋節
- full moon 滿月
- moon cake 月餅
- pomelo 文旦、柚子
- sparkle stick 仙女棒
- BBQ party 烤肉派對
- moonlight 月光
- enjoy the moon 賞月

節 慶 活 動 篇 5

🎧 Track 1106

Christmas
聖誕節

▶ This is what you can do...

全世界的孩子們都愛的一個人，可能非 Santa Claus（聖誕老人）莫屬了。與孩子們一起裝飾 Christmas tree（聖誕樹），準備聖誕節到來時，不妨也和孩子一起學幾首耳熟能詳的聖誕歌曲，如 Jingle Bells（聖誕鈴聲）或是 We Wish you a Merry Christmas（祝你聖誕快樂）等，會讓節慶氣氛倍增喔！

孩子期待聖誕老公公的到來

Here are the snacks for Santa and the reindeers.

Kid Mom, when will Santa come? 　　🎧 *Track 1107*
媽媽，聖誕老公公什麼時候會來？

Mom Not until you go to sleep. 　　🎧 *Track 1108*
你去睡覺以後。

Kid I'll go to bed early then. 　　🎧 *Track 1109*
那我要早點去睡覺。

Mom Good boy. 　　🎧 *Track 1110*
很乖。

Kid Here are the snacks for Santa and the reindeers. 　　🎧 *Track 1111*
這是要給聖誕老公公和麋鹿的點心。

Mom That's very nice of you. Santa will be very happy. 　　🎧 *Track 1112*
你真貼心。
聖誕老公公會很開心喔。

⚑ 每天聽與說，習慣成自然 　　🎧 *Track 1113*

★ **It's Christmas Eve.** 今晚是聖誕夜。

★ **Santa is coming tonight.** 聖誕老人今晚會來噢。

★ **Go to bed as early as you can.**
儘量早點上床睡覺。

★ **It's my favorite holiday.** 這是我最喜歡的節日。

I hope it is what I wished for.

Kid Mommy! Daddy! Santa did come last night! 🎧 *Track 1114*

媽媽！爸爸！聖誕老公公昨晚真的有來耶！

Mom How did you know? 🎧 *Track 1115*

你怎麼知道？

Kid Look! It was in my stocking. 🎧 *Track 1116*

看！這是在我聖誕襪裡的。

Mom Wow! A gift from Santa! 🎧 *Track 1117*

哇！是個聖誕老公公送的禮物呢！

Kid I hope it is what I wished for. 🎧 *Track 1118*

我希望這是我許願的東西。

Mom Let's open it! 🎧 *Track 1119*

我們打開它吧！

★ 英語順口溜　　　　　　　　　🎧 *Track 1120*

★ **Christmas is coming.** 聖誕節要到了。

★ **Let's decorate the Christmas tree.**
我們來裝飾聖誕樹。

★ **Christmas presents go under the tree.**
聖誕禮物放到樹下。

★ **We will have a Christmas party.**
我們會舉辦一個聖誕派對。

★ **Let's send a Christmas card to Grandma.**
我們寄張聖誕卡給奶奶吧。

★ **Santa did come last night.**
聖誕老公公昨晚真的有來耶。

★ **It's a gift from Santa.** 這是聖誕老公公送的禮物。

★ **Let's open it!** 我們打開它吧！

還有更多好用的單字唷！ 🎧 *Track 1121*

- Christmas Eve 聖誕夜
- Christmas tree 聖誕樹
- Christmas gift/present 聖誕禮物
- Christmas song 聖誕歌曲
- Christmas party 聖誕派對
- Christmas feast 聖誕大餐
- Christmas stocking 聖誕襪
- Christmas card 聖誕卡片

Halloween
萬聖節

▶ **This is what you can do…**

已經上幼兒園的孩子們，一定有機會在萬聖節時，遇上 dress up party（變裝派對）的活動。除了穿戴上不同造型的服裝，讓孩子們感到趣味無比之外，挨家挨戶討糖吃的 Trick or treat（不給糖就搗蛋）活動，恐怕才是讓孩子們樂翻天的重頭戲吧！

和孩子討論變裝內容

I got a party invitation.

Kid I got a party invitation. 🎧 Track 1123
我拿到一張派對邀請函。

Mom A Halloween party? 🎧 Track 1124
是萬聖節派對嗎？

Kid Yes. It's a costume party. 🎧 Track 1125
對阿。是個變裝派對。

Mom Wow! Exciting! 🎧 Track 1126
哇！好令人興奮呀！

Kid I don't know what to dress up as. 🎧 Track 1127
我不知道要打扮成什麼。

Mom How about Nemo? 🎧 Track 1128
尼莫怎麼樣？

Kid Let me think about it. 🎧 Track 1129
我考慮一下。

★ 每天聽與說，習慣成自然 🎧 Track 1130

★ **It's a Halloween party.** 是個萬聖節派對。

★ **There's a dress code.** 有服裝主題喔。

★ **It's a costume party.** 這是個變裝派對。

★ **How exciting!** 好令人興奮呀！

孩子的變裝派對

Kid 1 Hi, Superman.
嗨,超人。
🎧 Track 1131

Kid 2 Hey, Batman.
嘿,蝙蝠俠。
🎧 Track 1132

Kid 3 Hello, guys.
哈囉,各位。
🎧 Track 1133

Kid 1 Wow! A vampire!
哇!一個吸血鬼!
🎧 Track 1134

Kid 2 Cool! You look like a real vampire.
好酷喔!你看起來就像是真的吸血鬼一樣。
🎧 Track 1135

Kid 3 My mom did my makeup. 🎧 *Track 1136*
我媽媽幫我化的妝。

Kid 1 Awesome! 🎧 *Track 1137*
超讚的！

★ 英語順口溜 🎧 *Track 1138*

★ **You're a vampire!** 你是吸血鬼！

★ **I am a princess today.** 我今天是個公主。

★ **What are you going to dress up as?**
你要打扮成什麼？

★ **You look scary.** 你看起來好嚇人啊。

★ **My mom did my makeup.** 我媽媽幫我化的妝。

★ **My mommy made it.** 我媽媽幫我做的。

★ **Trick or treat!** 不給糖就搗蛋！

★ **Give us candy!** 給我們糖果！

還有更多好用的單字唷！ 🎧 *Track 1139*

- evil queen 惡皇后
- pirate 海盜
- knight 騎士
- witch 巫婆
- clown 小丑
- human skull 骷髏人
- vampire 吸血鬼
- zombie 殭屍、喪屍

10

Good Night

晚安篇

晚安篇 1

🎧 *Track 1140*

Bedtime Story
睡前故事

▶ **This is what you can do...**

在孩子睡覺前，為孩子說個 five-minute story（五分鐘故事）吧！讓孩子挑一本喜歡的故事書讓爸媽唸，或是和爸媽一起 read together（共讀），都是很美好的睡前親子時光。重點是睡前故事不要太刺激有趣，免得孩子反而嗨得睡不著。

為孩子說個睡前故事

I'll tell you a bedtime story.

I want a princess story.

300

Mom It's bedtime. 🎧 *Track 1141*
睡覺時間到囉。

Kid I am not sleepy yet. 🎧 *Track 1142*
我還不想睡。

Mom I'll tell you a bedtime 🎧 *Track 1143*
story.
我來說個睡前故事。

Kid I want a princess story. 🎧 *Track 1144*
我想聽公主的故事。

Mom What about "Sleeping 🎧 *Track 1145*
Beauty"?
「睡美人」好不好呢？

Kid That's my favorite one. 🎧 *Track 1146*
那是我最喜歡的故事。

Mom Once upon a time... 🎧 *Track 1147*
很久很久以前……

- -

★ 每天聽與說，習慣成自然 🎧 *Track 1148*

★ **It's bedtime.** 睡覺時間到囉。

★ **I'm not sleepy yet.** 我還不想睡。

★ **I'll tell you a bedtime story.** 我來說個睡前故事。

★ **Once upon a time...** 很久很久以前……

讓孩子閉著眼睛聽，才容易睡著……

Daddy, tell me a bedtime story.

Kid Daddy, tell me a bedtime story.
爸爸，跟我說個睡前故事。

🎧 Track 1149

Dad Alright, but you have to listen with your eyes closed.
好，不過你得閉著眼睛聽。

🎧 Track 1150

Kid OK.
好。

🎧 Track 1151

Dad Once there was a boy ...
從前從前，有一個男孩……

🎧 Track 1152

Kid How old is he?
他幾歲？

🎧 Track 1153

Dad Eyes closed!
眼睛閉著！

🎧 Track 1154

Kid OK.
好啦。

🎧 Track 1155

★ 英語順口溜

🎧 Track 1156

★ **Tell me a bedtime story.** 講個睡前故事給我聽。

★ **You have to listen with your eyes closed.**
你得閉著眼睛聽。

★ **Once there was a boy...** 從前從前，有一個男孩……

★ **Are you listening?** 你有在聽嗎？

★ **Pick a storybook you like.** 選一本你喜歡的故事書。

★ **What story do you want to listen to today?**
你今天想聽什麼故事？

★ **This story is boring.** 這故事好無聊喔。

★ **It helps you fall asleep.** 它能幫助你入睡啊。

還有更多好用的單字唷！ 🎧 Track 1157

- Peter Pan 小飛俠
- Pinocchio 木偶奇遇記
- Snow White 白雪公主
- Jack and the Beanstalk 傑克與豌豆
- Little Red Riding Hood 小紅帽
- Cinderella 灰姑娘
- The Little Mermaid 人魚公主
- The Lion and the Mouse 獅子與老鼠

晚安篇 2

🎧 Track 1158

Lullaby
搖籃曲

▶ This is what you can do...

睡前為孩子唱催眠曲，或是放點 soft music（輕柔的音樂）給孩子聽，都可以幫助孩子安定情緒，順利 go off to dreamland（進入夢鄉）。一邊溫柔地哼唱著沈穩的旋律，一邊輕輕拍著孩子，看著孩子漸漸入睡，忙碌的一天就告一段落啦。

為孩子唱催眠曲

It's a lullaby.
Shh ... Eyes closed.

Mom Close your eyes. 🎧 Track 1159
眼睛閉起來。

Kid OK. But I still can't 🎧 Track 1160
sleep.
好。不過我還睡不著。

Mom Rock-a-bye baby, on 🎧 Track 1161
the treetop ...
嬰兒搖搖，掛在樹梢……

Kid What are you singing? 🎧 Track 1162
你在唱什麼？

Mom It's a lullaby. Shh ... 🎧 Track 1163
Eyes closed.
是首搖籃曲。噓…… 眼睛閉上。 🎧 Track 1164

Kid OK.
好。

Mom When the wind blows, 🎧 Track 1165
the cradle will rock
風兒一吹，搖籃就晃。

· ·

★ 每天聽與說，習慣成自然 🎧 Track 1166

★ **I'll sing you a lullaby.** 我來唱首搖籃曲給你聽。

★ **What are you singing?** 你在唱什麼？

★ **It's a lullaby.** 是一首搖籃曲。

★ **Close your eyes.** 眼睛閉起來。

Twinkle, twinkle, little star...

Kid Mommy, can you sing me a lullaby? 🎧 Track 1167

媽媽，你可以唱搖籃曲給我聽嗎？

Mom Which one would you like to hear? 🎧 Track 1168

你想聽哪一首呢？

Kid Twinkle, twinkle, little star. 🎧 Track 1169

一閃一閃小星星。

Mom Twinkle, twinkle, little star... 🎧 Track 1170

一閃一閃小星星……

Kid I love this song the most.　🎧 Track 1171
我最喜歡這首歌了。

Mom It's my favorite, too. How 🎧 Track 1172
I wonder what you are …
這也是我最喜歡的。
我好想知道你是什麼呀⋯⋯

Kid Zzzzzzzz.　🎧 Track 1173
（打呼聲）

★ 英語順口溜　🎧 Track 1174

★ **Can you sing me a lullaby?**
可以唱一首搖籃曲給我聽嗎？

★ **Which one would you want to hear?**
你想聽哪一首？

★ **This is my favorite one.** 這是我最喜歡的一首。

★ **It makes me sleepy.** 它讓我想睡覺了。

★ **I can't sleep without a lullaby.**
沒有搖籃曲我睡不著。

★ **It's a beautiful lullaby.** 這首搖籃曲真好聽。

★ **Keep singing.** 繼續唱呀。

★ **I'm still awake.** 我還醒著喲。

還有更多好用的單字唷！ 🎧 Track 1175

- lullaby 催眠曲
- sleepy 想睡的
- asleep 睡著的
- awake 醒著的
- cradlesong 搖籃曲
- melody 旋律
- music 音樂
- soft 輕柔的

🎧 *Track 1176*

Lights Off
關電燈

▶ This is what you can do...

孩子如果不怕黑，最好讓孩子養成 sleep with light off（關燈睡覺）的習慣。但如果孩子怕黑，不喜歡在黑暗的環境中睡覺，不妨幫孩子準備一盞 night lamp（小夜燈），燈光強度不強，足夠孩子看見房內的物品，但也不至於會影響睡眠品質。

關電燈表示睡覺時間到

> Good night, Mommy.

Mom It's time to turn off the light. 　🎧 *Track 1177*
該關電燈囉。

Kid I'll do it! I'll do it. 　🎧 *Track 1178*
我來關！我來關！

Mom OK. I'll let you do it. 　🎧 *Track 1179*
好。我讓你關。

Kid One, two, three … 　🎧 *Track 1180*
一，二，三……

Mom + **Kid** Lights off! 　🎧 *Track 1181*
電燈關掉了！

Mom Now get in bed. 　🎧 *Track 1182*
現在到床上去。

Kid Good night, Mommy. 　🎧 *Track 1183*
晚安囉，媽媽。

⬤ ⬤

🚩 ★ 每天聽與說，習慣成自然 　🎧 *Track 1184*

★ **It's time to turn off the light.** 關燈時間到囉。

★ **I'll do it.** 我來關！

★ **I'll let you turn off the light.** 我讓你關燈。

★ **Lights off.** 電燈關掉囉！

孩子不喜歡黑漆漆的房間……

Dad Lights off! 　🎧 Track 1185
電燈關掉囉！

Kid No. Leave them on. 　🎧 Track 1186
不要。把燈開著。

Dad It's too bright. 　🎧 Track 1187
這樣太亮了。

Kid But I don't like darkness. 🎧 Track 1188
可是我不喜歡黑摸摸的。

Dad I'll leave the night lamp 🎧 Track 1189
on, then.
那我讓夜燈開著。

Kid Thank you, Daddy. 🎧 *Track 1190*
謝謝爸爸。

⭐ 英語順口溜 🎧 *Track 1191*

★ **Leave the lamp on.** 讓燈開著。

★ **I don't like darkness.** 我不喜歡黑摸摸。

★ **I'm afraid of the dark.** 我會怕黑。

★ **It's too bright.** 這樣太亮了。

★ **I'll leave the night lamp on.** 我讓夜燈開著。

★ **I can't sleep with the lights off.**
電燈關掉我睡不著。

★ **I don't want to sleep in darkness.**
我不想在黑暗中睡覺。

★ **I can't sleep with a light on.** 有燈開著我沒辦法睡。

還有更多好用的單字唷！ 🎧 *Track 1192*

- night lamp 夜燈
- lamp 檯燈
- floor lamp 落地燈
- fluorescent lamp 日光燈
- wall lamp 壁燈
- bright 明亮的
- dim 微暗的
- dark 黑暗的

311

🎧 Track 1193

Bedtime Chat
睡前聊天

▶ This is what you can do...

爸媽如果白天很忙碌,沒有太多時間陪伴孩子,不妨趁孩子睡覺前的幾分鐘,跟孩子來個輕鬆的 bedtime chat(睡前聊天)。不需要特別苦思 talking subject(聊天話題),親子之間可以天南地北地瞎聊之後,再道晚安。

聊聊今天最棒的事

I played on the slides.

Did you have fun?

Dad So, what was the best part of the day? 🎧 *Track 1194*
那，今天最棒的事是什麼呢？

Kid The park. 🎧 *Track 1195*
公園。

Dad Tell me more about it. 🎧 *Track 1196*
跟我多説一點。

Kid I played on the slides. 🎧 *Track 1197*
我玩了溜滑梯。

Dad Did you have fun? 🎧 *Track 1198*
玩得開心嗎？

Kid Yeah. I'm going again tomorrow. 🎧 *Track 1199*
對啊。我明天還要再去。

Dad OK. Why not? 🎧 *Track 1200*
好啊。當然！

• •

★ 每天聽與說，習慣成自然 🎧 *Track 1201*

★ **What was the best part of the day?**
今天最棒的事是什麼？

★ **I ate an ice cream cone.** 我吃了一個冰淇淋甜筒。

★ **What about you?** 那你呢？

★ **Tell me more.** 再多説一點。

當孩子的好聽眾

I met a new friend today.

Kid Daddy, you know what? 　🎧 *Track 1202*
爸爸，你知道嗎？

Dad What? 　🎧 *Track 1203*
什麼事？

Kid I met a new friend today. 　🎧 *Track 1204*
我今天認識了一個新朋友噢。

Dad You did? 　🎧 *Track 1205*
真的嗎？

Kid Yeah, his name is Mike. 　🎧 *Track 1206*
對啊，他的名字叫做麥克。

Dad Where did you meet him? 　🎧 *Track 1207*
你在哪裡認識他的呀？

Kid At the park. 　🎧 *Track 1208*
在公園啊。

★ 英語順口溜　 *Track 1209*

★ **What do you want to be when you grow up?**
你長大想要當什麼？

★ **What do you like about this story?**
你喜歡這個故事的什麼部分？

★ **Did you have fun at the park today?**
你今天在公園玩得開心嗎？

★ **What do you want for breakfast tomorrow?**
明天早餐想吃什麼？

★ **What shall we play tomorrow?**
我們明天要玩什麼？

★ **Do you like your new toy?**
你喜歡你的新玩具嗎？

★ **Do you like your new friends?**
你喜歡你的新朋友嗎？

★ **Did you have fun?** 你玩得開心嗎？

還有更多好用的單字喔！ *Track 1210*

- share 分享
- secret 秘密
- tell 告訴
- say 說

- listen 聽
- ask 問
- answer 回答
- guess 猜

🎧 *Track 1211*

Getting to Sleep
催小孩上床睡覺

▶ This is what you can do...

很多孩子到了睡覺時間，還像個 Energizer battery（勁量電池）一樣精力旺盛。好不容易上了床，不是開始玩 pillow fight（枕頭大戰）就是開始跳床。為了要孩子立刻睡覺，爸媽也只得 pull a long face（端上臭臉）了，下達最後通牒。

催孩子睡覺

Nope.

Do you know what time it is?

Dad Do you know what time it is? 🎧 Track 1212
你知道現在幾點了嗎？

Kid Nope. 🎧 Track 1213
不知道。

Dad It's almost ten. 🎧 Track 1214
快十點了。

Kid Is that very late? 🎧 Track 1215
那是很晚了嗎？

Dad Yes, it's very late. 🎧 Track 1216
對，很晚了。

Kid I'm going to sleep. 🎧 Track 1217
我要去睡了。

Dad Good. Lie down and no more talking. 🎧 Track 1218
很好。躺下來，不要再講話了。

★ 每天聽與說，習慣成自然 🎧 Track 1219

★ **Do you know what time it is?**
你知道現在幾點了嗎？

★ **It's very late.** 已經很晚了。

★ **Lie down.** 躺下來。

★ **No more talking.** 不要再說話了。

阻止孩子玩個不停……

I don't want to sleep.

Mom It's time to sleep. 🎧 *Track 1220*
該睡覺了。

Kid I don't want to sleep. 🎧 *Track 1221*
我不想睡。

Mom You already look sleepy. 🎧 *Track 1222*
你看起來已經睏了。

Kid No, I'm not sleepy. 🎧 *Track 1223*
不，我不睏。

Mom Put the pillow down. 🎧 *Track 1224*
把枕頭放下來。

Kid Mommy, look at me. 🎧 *Track 1225*
媽媽，你看我。

Mom Stop jumping on the bed. I'm going to count to three. One! 🎧 Track 1226

別再在床上跳了。我數到三，一！

....

🚩 英語順口溜

🎧 Track 1227

★ **It's time to sleep.** 該睡覺了。

★ **Go to sleep!** 去睡覺！

★ **You look sleepy.** 你看起來很睏了。

★ **It's very late now.** 現在已經很晚了。

★ **Put the pillow down.** 把枕頭放下來。

★ **Stop jumping on the bed.** 不要在床上跳。

★ **Tuck yourself in bed.** 在床上躺好。

★ **Tuck yourself in the blanket.** 蓋好被子。

還有更多好用的單字唷！ 🎧 Track 1228

- **bedroom** 臥室、房間
- **bed** 床
- **pillow** 枕頭
- **blanket** 棉被
- **quilt** 被子
- **cushion** 抱枕
- **security blanket** 安撫巾
- **comfort object** 起安撫作用的小物

Good Night

道晚安

▶ This is what you can do...

孩子要睡覺了。不妨從小就讓睡覺前的 goodnight kiss（晚安親親）和 goodnight hug（晚安抱抱）變成孩子日常生活中的 daily routine（例行公事）。What a lovely way to end a day! :)

晚安親親

Good night, Baby.

Mom It's bedtime.
🎧 Track 1230
睡覺時間到囉。

Kid Already?
🎧 Track 1231
已經到了嗎？

Mom Yes, already.
🎧 Track 1232
對啊，已經到了。

Kid OK. I'm going to bed.
🎧 Track 1233
好吧。我要上床去了。

Mom Do you want to kiss me goodnight?
🎧 Track 1234
要不要給我一個晚安吻呢？

Kid Sure. Good night, Mommy.
🎧 Track 1235
當然。晚安了，媽媽。

Mom Good night, Baby.
🎧 Track 1236
晚安了，寶貝。

★ 每天聽與說，習慣成自然
🎧 Track 1237

★ It's bedtime. 睡覺時間到囉。

★ Do you want to kiss me goodnight?
要不要給我一個晚安吻呢？

★ Kiss Mommy goodnight. 給媽媽一個晚安吻。

★ Good night. 晚安囉。

別忘了晚安抱抱

I'm going to sleep.

Kid I'm going to sleep.　🎧 *Track 1238*
我要去睡囉。

Mom Good. It's about time.　🎧 *Track 1239*
很好。也差不多是時候了。

Kid I need a goodnight hug.　🎧 *Track 1240*
我需要一個晚安抱抱。

Mom Sure. Come here.　🎧 *Track 1241*
當然。過來。

Kid Good night.　🎧 *Track 1242*
晚安。

Mom Sweet dreams.
祝你好夢喔。

🎧 *Track 1243*

• •

★ 英語順口溜　　　　　　　　🎧 *Track 1244*

★ **Sweet dreams.** 祝你好夢。

★ **Sleep tight.** 睡個好覺。

★ **Sleep well.** 好好睡。

★ **Have a good night's sleep.** 祝你一夜好眠。

★ **You haven't kissed me goodnight.**
你還沒給我晚安吻。

★ **Give me a goodnight kiss.** 給我一個晚安親親吧。

★ **Time to say good night.** 該說晚安囉。

★ **You forgot a goodnight hug.**
你忘記晚安抱抱了。

還有更多好用的單字唷！🎧 *Track 1245*

- **sweet** 甜美的
- **dream** 夢
- **sleep** 睡眠
- **kiss** 親吻

- **hug** 擁抱
- **dreamland** 夢鄉
- **snore** 打鼾
- **sound asleep** 酣睡

11

Common Knowledge

其他生活教育

Colors
認識顏色

▶ This is what you can do...

孩子最喜歡在雨後看到 rainbow（彩虹）。趁著彩虹出現時，問孩子看到彩虹裡有什麼顏色？有一首英文童歌 Rainbow, Rainbow（彩虹彩虹），結合音樂與顏色，旋律優美，很適合跟孩子一起學唱喔。

教孩子認識顏色

It's a banana.

Mom What's this?　　　🎧 *Track 1247*
這是什麼？

Kid It's a banana.　　　🎧 *Track 1248*
是一根香蕉。

Mom What color is it?　　　🎧 *Track 1249*
這是什麼顏色呢？

Kid It's a banana's color.　　　🎧 *Track 1250*
是香蕉色。

Mom No. It's yellow.　　　🎧 *Track 1251*
不。這是黃色。

Kid Yellow.　　　🎧 *Track 1252*
黃色。

Mom Yes. Yellow.　　　🎧 *Track 1253*
對。黃色。

⭐ 每天聽與說，習慣成自然　　　🎧 *Track 1254*

★ **What color is it?** 這是什麼顏色？

★ **It's yellow.** 這是黃色。

★ **Can you spot anything red?**
你可以看到任何紅色的東西嗎？

★ **What is red in this room?**
在這房間裡，什麼是紅的？

Dad Can you spot anything red in our house? 🎧 Track 1255
你在我們家裡可以看到任何紅色的東西嗎？

Kid The apple. 🎧 Track 1256
蘋果。

Dad Good. Anything else? 🎧 Track 1257
很好。還有其他的嗎？

Kid My toy train. 🎧 Track 1258
我的玩具火車。

Dad Very good. What else? 🎧 Track 1259
非常好。還有呢？

Kid Your lips.
你的嘴巴。

🎧 Track 1260

Dad That's right!
答對了！

🎧 Track 1261

* * *

★ 英語順口溜

🎧 Track 1262

★ **What else is red?** 還有什麼是紅的？

★ **Is my hair red?** 我的頭髮是紅色的嗎？

★ **What's your favorite color?** 你最喜歡什麼顏色？

★ **Do you like the color blue?** 你喜歡藍色嗎？

★ **Are there any colors that you don't like?**
有沒有你不喜歡的顏色呢？

★ **Guess what my favorite color is.**
猜猜我最喜歡什麼顏色。

★ **Is it blue?** 這是藍色的嗎？

★ **Color it blue.** 把它塗成藍色的。

還有更多好用的單字喔！ 🎧 Track 1263

- black 黑色
- white 白色
- blue 藍色
- yellow 黃色

- red 紅色
- green 綠色
- orange 橙色
- pink 粉紅色

Shapes
認識形狀

▶ **This is what you can do...**

無論在家或是出門在外，都可以隨時利用生活周遭的物品教孩子認識形狀的說法。心血來潮時不妨跟孩子來個形狀指認大賽，看看誰能找到某個最多的形狀。除了常見的基本形狀之外，也可以試試 pentagon（五角形）、hexagon（六角形）或 octagon（八角形）喔！

教孩子認識形狀

Do you know what shape it is?

A circle?

EGGS

Dad Do you know what it is? 🎧 *Track 1265*
你知道這是什麼嗎?

Kid Of course I do. It's an 🎧 *Track 1266*
egg.
當然啊!這是一顆蛋啊。

Dad Do you know what shape 🎧 *Track 1267*
it is?
你知道這是什麼形狀嗎?

Kid A circle? 🎧 *Track 1268*
圓形嗎?

Dad Nope. It's an oval. 🎧 *Track 1269*
不是。這是橢圓形。

Kid Oh, it's an oval. 🎧 *Track 1270*
噢,這是橢圓形啊。

· ·

★ 每天聽與說,習慣成自然 🎧 *Track 1271*

★ **What shape is it?** 這是什麼形狀?

★ **Is it a circle?** 這是圓形嗎?

★ **It's not a circle.** 這不是圓形。

★ **It's a oval.** 這是一個橢圓形。

利用周遭物品練習形狀說法

Excellent! Now you know what a rectangle is.

Mom Point to something that is a rectangle. 🎧 Track 1272
指一個長方形的東西。

Kid The TV? 🎧 Track 1273
電視？

Mom Very good. The TV is a rectangle. 🎧 Track 1274
非常好。電視是長方形的。

Kid The book? 🎧 Track 1275
書本？

Mom Exactly. The book is also a rectangle. 🎧 Track 1276
沒錯。書本也是長方形的。

Kid And Daddy's desk. 🎧 Track 1277
還有爸爸的書桌。

Mom Excellent! Now you know 🎧 *Track 1278*
what a rectangle is.

太棒了！現在你知道
長方形是什麼了。

. . . .

★ 英語順口溜 🎧 *Track 1279*

★ **What is a rectangle?** 什麼東西是長方形的？

★ **Point to something that is a circle.**
指向一個圓形的東西。

★ **Is the clock a circle?** 時鐘是圓的嗎？

★ **A triangle has three sides.**
一個三角形有三個邊。

★ **A square has four equal sides.**
一個正方形有四個等長的邊。

★ **Make a heart with your hands.**
用你的手做出一個心型。

★ **Draw a star.** 畫一個星形。

★ **Color all the stars pink.**
把所有的星形都塗成粉紅色的。

還有更多好用的單字唷！ 🎧 *Track 1280*

- circle 圓形
- triangle 三角形
- square 正方形
- rectangle 長方形
- oval 橢圓形
- heart 心形
- star 星形
- diamond 菱形

My Body

認識自己的身體

▶ **This is what you can do...**

教孩子認識自己的身體部位時，不妨利用 Head,
Shoulders, Knees and Toes（頭、肩膀、膝和腳趾）這首
超級兒歌，帶著孩子一邊律動一邊認識身體。孩子熟悉歌
曲後，加快歌唱速度，會讓學習過程趣味橫生喔！

讓孩子跟著你做動作

And I am touching
my head, too.

Mom I am touching my head.　🎧 *Track 1282*
我在摸我的頭。

Kid And I am touching my head, too.　🎧 *Track 1283*
我也在摸我的頭。

Mom I am touching my shoulders.　🎧 *Track 1284*
我在摸我的肩膀。

Kid And I am touching my shoulders, too.　🎧 *Track 1285*
我也在摸我的肩膀。

Mom I am touching my knees.　🎧 *Track 1286*
我在摸我的膝蓋。

Kid And I am touching my knees, too.　🎧 *Track 1287*
我也在摸我的膝蓋。

Mom Now let's touch our toes together.　🎧 *Track 1288*
現在我們一起摸我們的腳趾頭。

⋯⋯⋯⋯⋯⋯⋯⋯⋯⋯⋯⋯⋯⋯⋯⋯

★ 每天聽與說，習慣成自然　🎧 *Track 1289*

★ **I am touching my head.** 我在摸我的頭。

★ **Touch your head like me.** 像我一樣，摸你的頭。

★ **Can you touch your head?** 你可以摸你的頭嗎？

★ **Where is your head?** 你的頭在哪裡？

以動作搭配身體教學

Dad Let's shake hands.　🎧 Track 1290
我們來握手吧。

Kid How?　🎧 Track 1291
要怎麼握？

Dad Give me your right hand.　🎧 Track 1292
伸出你的右手。

Kid Which one is my right hand?　🎧 Track 1293
哪一隻是我的右手？

Dad This one.　🎧 Track 1294
這一隻。

Kid This is my right hand.　🎧 *Track 1295*
這是我的右手。

Dad Good. And this is my 🎧 *Track 1296*
right hand. We're now
shaking hands.
很好。這是我的右手。我們現在正在握手了。

······························

⭐ 英語順口溜　🎧 *Track 1297*

★ **Let's shake hands.** 我們來握手。

★ **Let's shake our heads.** 我們來搖頭。

★ **Let's shake our butts.** 我們來扭屁股。

★ **Let's kick our legs.** 我們來踢腿。

★ **Let's stretch our arms.** 我們來伸展手臂。

★ **Let's stand on our toes.** 我們用腳趾頭站。

★ **Let's cross our arms.** 我們把手交叉放。

★ **Let's blink our eyes.** 我們來眨眼睛。

還有更多好用的單字唷！　🎧 *Track 1298*

- eye 眼睛
- nose 鼻子
- mouth 嘴
- ear 耳朵
- eyebrow 眉毛
- hair 頭髮
- neck 脖子
- tummy 肚子

Numbers
認識數字

▶ This is what you can do...

教孩子認識數字，不妨利用大家耳熟能詳的英語兒歌，像是 Ten Little Monkeys（十隻小猴子）或是 One Two Buckle My Shoes（一二綁鞋帶），都是能讓孩子朗朗上口的 magic number songs（神奇數字歌）噢。

帶孩子認識數字

Mom Look at this picture. 🎧 *Track 1300*
看這個圖片。

Kid Monkey! 🎧 *Track 1301*
猴子！

Mom How many monkeys are 🎧 *Track 1302*
there?
圖片裡有幾隻猴子？

Kid I don't know. 🎧 *Track 1303*
我不知道。

Mom One. Count with me. 🎧 *Track 1304*
一隻。跟我一起數。

Kid One. 🎧 *Track 1305*
一隻。

Mom Good! 🎧 *Track 1306*
很好。

★ 每天聽與說，習慣成自然 🎧 *Track 1307*

★ Let's learn to count. 我們來學數數兒。

★ Let's learn numbers! 我們來學數字。

★ How many? 有幾個？

★ Count with me. 跟我一起數。

練習數數兒

All correct!

Dad How many eyes do you have? 🎧 Track 1308
你有幾隻眼睛？

Kid Two. 🎧 Track 1309
兩隻。

Dad Very good! How many noses do you have? 🎧 Track 1310
非常好！你有幾個鼻子？

Kid One. 🎧 Track 1311
一個。

Dad Excellent! How many fingers do you have? 🎧 Track 1312
太棒了！你有幾隻手指頭？

Kid Wait. Let me count. Ten! Track 1313
等等。讓我算一下。十隻！

Dad All correct! 🎧 Track 1314
全部答對了！

● ●

★ 英語順口溜 🎧 Track 1315

★ **How many eyes do you have?** 你有幾隻眼睛？

★ **How many apples are there?** 那兒有幾個蘋果？

★ **How many cupcakes did you eat?**
你吃了幾個杯子蛋糕？

★ **Can you count from one to ten?**
你可以從一數到十嗎？

★ **Let me count.** 讓我數一下。

★ **I'll count to five.** 我來數到五。

★ **Count your fingers.** 數數你的手指頭。

★ **You can count!** 你會數數耶！

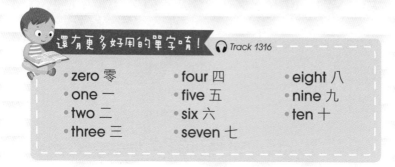

還有更多好用的單字唷！ 🎧 Track 1316

- zero 零
- one 一
- two 二
- three 三
- four 四
- five 五
- six 六
- seven 七
- eight 八
- nine 九
- ten 十

🎧 *Track 1317*

Days of the Week
認識星期

▶ **This is what you can do…**

孩子年紀太小的話，雖然可能對 What day is today?（今天星期幾？）還沒有概念，但是也不需要避免提及。平常不經意地提到「星期幾」，可以讓孩子漸漸熟悉各種分割時間的方法，也是挺不錯的。

讓孩子有星期的概念

Kid Mom, can we go to the zoo?
🎧 Track 1318

媽媽，我們可以去動物園嗎？

Mom Not today, Honey.
🎧 Track 1319

今天不行，親愛的。

Kid When can we go?
🎧 Track 1320

我們什麼時候可以去？

Mom This Saturday.
🎧 Track 1321

這星期六。

Kid Is today Saturday?
🎧 Track 1322

今天是星期六嗎？

Mom No. It's Monday. There are five more days to go.
🎧 Track 1323

不。今天是星期一。還有五天呢。

- -

★ 每天聽與說，習慣成自然
🎧 Track 1324

★ **What day is today?** 今天星期幾？

★ **What day is tomorrow?** 明天星期幾？

★ **Is today Saturday?** 今天是星期六嗎？

★ **It's Monday.** 今天星期一。

 讓孩子認識星期順序

Kid Dad, is it Saturday yet? 🎧 Track 1325
爸爸，星期六到了嗎？

Dad No, not yet. 🎧 Track 1326
不，還沒。

Kid What day is today? 🎧 Track 1327
今天星期幾？

Dad It's Thursday. 🎧 Track 1328
今天星期四。

Kid What day is tomorrow? 🎧 Track 1329
明天星期幾？

Dad It's Friday tomorrow. 🎧 Track 1330
明天星期五。

Kid Saturday comes after 🎧 Track 1331
Friday, right?
星期五之後就是星期六，對嗎？

Dad Exactly! 🎧 Track 1332
沒錯！

★ 英語順口溜

🎧 Track 1333

★ **Is it Saturday yet?** 星期六到了嗎？

★ **It's not yet Saturday.** 星期六還沒到。

★ **Sunday comes before Monday.**
星期天在星期一之前。

★ **Friday comes after Thursday.**
星期五在星期四之後。

★ **Daddy doesn't go to work on Sundays.**
爸爸星期天不上班。

★ **We will go to the zoo on Saturday.**
我們星期六會去動物園。

★ **It's Monday today.** 今天是星期一。

★ **It's not Tuesday today.** 今天不是星期二。

還有更多好用的單字唷！ 🎧 Track 1334

- Sunday 週日
- Monday 週一
- Tuesday 週二
- Wednesday 週三
- Thursday 週四
- Friday 週五
- Saturday 週六
- weekend 週末

其他生活教育篇 6

Track 1335

Social Skills
社交能力

▶ This is what you can do...

大人常會叫孩子跟人打招呼，但孩子很可能對 greeting
people（跟人打招呼）這件事還沒有做好心理準備。與其
以強硬的手段強迫孩子跟認識的人打招呼，不如耐心慢慢
引導，給孩子足夠的時間 warm up（熱身），當他們準備
好了，就會主動跟認識的人 say hello（說哈囉）了。

介紹熟人給孩子認識

Man Hi, Little Jerry. Nice to meet you.　🎧 Track 1336
嗨，小傑瑞。很高興認識你。

Kid Hi. Who are you?　🎧 Track 1337
嗨。你是誰？

Dad Say hi to Uncle Jack. He's Daddy's cousin.　🎧 Track 1338
跟傑克叔叔打招呼吧。
他是爸爸的堂弟。

Kid Hi, Uncle Jack. I never saw you before.　🎧 Track 1339
嗨，傑克叔叔。
我以前從來沒看過你。

Man Because I live in the U.S.A.　🎧 Track 1340
因為我住在美國啊。

Kid Why?　🎧 Track 1341
為什麼？

Man Because I work there.　🎧 Track 1342
因為我在那裡工作啊。

• •

★ 每天聽與說，習慣成自然　🎧 Track 1343

★ **Say hello to Grandma.** 跟奶奶打招呼。

★ **He's Daddy's cousin.** 他是爸爸的堂弟。

★ **She's your cousin.** 他是你的表妹。

★ **Hi, Uncle Jack.** 嗨，傑克叔叔好。

教孩子跟人打招呼

Kid Why do I have to say hi to everyone? 🎧 Track 1344

我為什麼要跟每個人打招呼？

Dad Not everyone. You don't say hi to strangers. 🎧 Track 1345

不是每個人啊。你不會跟陌生人打招呼。

Kid I don't like to say hi. 🎧 Track 1346

我不喜歡打招呼。

Dad It's okay. 🎧 Track 1347

沒關係。

Kid Really? 🎧 Track 1348

真的嗎？

Dad I won't force you. But you must know it would be nice if you greet someone you know. 🎧 Track 1349

我不會強迫你。但你必須知道如果你能跟認識的人打招呼，會是件很好的事。

Kid I'll try. Thank you, Daddy. 🎧 Track 1350

我會試試看。謝謝爸爸。

★ 英語順口溜 🎧 Track 1351

★ **I don't like to say hi.** 我不喜歡打招呼。

★ **It's okay.** 沒關係。

★ **But it would be nice if you greet someone you know.**
如果你能跟認識的人打招呼，會是件很好的事。

★ **How would you like to say hello to Grandma?**
你要不要跟奶奶說哈囉？

★ **Would you like to say hi?**
你要不要說聲「嗨」呢？

★ **Don't be shy.** 別害羞。

★ **Do it when you're ready.** 當你準備好再說吧。

★ **I won't force you.** 我不會逼你的。

還有更多好用的單字唷！ 🎧 Track 1352

- grandpa 爺爺（祖父、外公）
- grandma 奶奶（祖母、外婆）
- aunt 姨、姑、舅媽
- uncle 叔、伯、舅、姨丈、姑丈
- neighbor 鄰居
- relative 親戚
- cousin 表或堂兄弟姐妹
- friend 朋友

定價：台幣370元 / 港幣123元
1書 / 32開 / 彩色 / 頁數：336頁

捷徑文化 出版事業有限公司
Royal Road Publishing Group
購書資訊請電洽：(02)2752-5618

我自己先學！

初學爸媽、想自學爸媽、兒美教學者都適用

1200 基礎單字

× **情境彩圖 450** 張

× **基礎級** 簡單例句

站在巨人的肩膀上，才能看得更遠，試著成為孩子的巨人吧！

在教孩子英文以前，
爸媽自己以身作則，
讓孩子在你的肩膀上，
看見更遼闊的未來！

捷徑 Book 站

現在就上FACEBOOK，立刻搜尋「捷徑BOOK站」並加入粉絲團，可享每月不定期贈書閱讀好康活動與各種新書訊息喔！　http://www.facebook.com/royalroadbooks　讀者來函：royalroadbooks@gmail.com

原來如此 系列 E169

我自己先說！：第一本為父母而寫的
英文會話書

我自己先說！孩子的英語力從爸媽開始做起！

作　　者	蔡文宜
顧　　問	曾文旭
總 編 輯	王毓芳
編輯統籌	耿文國、黃璽宇
主　　編	吳靜宜
特約編輯	張辰安
美術編輯	王桂芳、張嘉容
內頁插畫	水手月亮
行銷企劃	姜怡安
封面設計	阿作
校　　對	劉慶梅
法律顧問	北辰著作權事務所　蕭雄淋律師、嚴裕欽律師

印　　製	世和印製企業有限公司
初　　版	2017年08月
出　　版	捷徑文化出版事業有限公司
電　　話	（02）2752-5618
傳　　真	（02）2752-5619
地　　址	106 台北市大安區忠孝東路四段250號11樓-1

定　　價	新台幣370元／港幣123元
產品內容	1書+1光碟

總 經 銷	采舍國際有限公司
地　　址	235 新北市中和區中山路二段366巷10號3樓
電　　話	（02）8245-8786
傳　　真	（02）8245-8718

港澳地區總經銷	和平圖書有限公司
地　　址	香港柴灣嘉業街12號百樂門大廈17樓
電　　話	（852）2804-6687
傳　　真	（852）2804-6409

★本書圖片由Shutterstock提供

捷徑 Book站

現在就上臉書（FACEBOOK）「捷徑BOOK站」並按讚加入粉絲團，
就可享每月不定期新書資訊和粉絲專享小禮物喔！
http://www.facebook.com/royalroadbooks
讀者來函：royalroadbooks@gmail.com

國家圖書館出版品預行編目資料

我自己先說！：第一本為父母而寫的英文
會話書 / 蔡文宜著. -- 初版. -- 臺北市：捷徑
文化, 2017.08
　面；　公分（原來如此：E169）
ISBN 978-986-95079-6-7(精裝)

1. 英語　2. 會話

805.12　　　　　　　　　　106010669